方正廉洁文学系列

# 廉洁微小说精选

本书编写组 —— 编著

LIANJIE
WEIXIAOSHUO
JINGXUAN

中国方正出版社

# 目 录

## 上 篇

"三簧" ················· 003
老张送礼 ··············· 005
心声 ··················· 009
局长题字 ··············· 012
钓鱼 ··················· 016
三婆 ··················· 019
数树 ··················· 023
给小王撑腰 ············· 026
鱼刺 ··················· 029
"回家"的茶叶 ·········· 033
心安 ··················· 036
老鼠惊魂记 ············· 040
能人办事 ··············· 043
守家 ··················· 046

| 特别的朋友 | 050 |
| --- | --- |
| 公文包 | 054 |
| 调研 | 057 |
| 好朋友 | 061 |
| 金鱼 | 064 |
| "不合群"的村支书 | 067 |
| 帮忙 | 070 |
| 迷途知返 | 073 |
| 报恩 | 076 |
| 一盒茶叶 | 081 |
| 挣扎 | 084 |
| 竹鞭 | 088 |
| "变质"的腊肉 | 090 |
| 新人报到请多关照 | 093 |
| 行头 | 096 |
| 别样的礼物 | 099 |
| "众筹" | 102 |
| 粽香 | 107 |
| 退钱 | 111 |
| 镜子里的人 | 114 |
| 如此"谢师" | 118 |
| 新车 | 122 |

# 目 录

匿名短信 …………………… 126
乡长的自行车 ……………… 130
一盒"茶叶"的考验 ………… 134
打道回府 …………………… 138
战士 ………………………… 140
秤 …………………………… 142
老刘"睡得香" ……………… 145
蚂蚁 ………………………… 148
摔跤 ………………………… 151
二次硬化的道路 …………… 155
正家 ………………………… 159
吃饭这件"小事儿" ………… 163
必须完成的家庭作业 ……… 166
老杨的"规矩" ……………… 169
别样的温情 ………………… 172
动摇 ………………………… 175
家风 ………………………… 178
"签单" ……………………… 181
硬气 ………………………… 184
"别样"的寿宴 ……………… 186
王局长的病 ………………… 189
父亲的"门路" ……………… 193

白玉马 …… 196
三喜临门 …… 199
闹乌龙的礼品袋 …… 204
走错门 …… 208

# 下 篇

一张公务加油卡的自白 …… 213
日记本 …… 216
变质 …… 219
悔 …… 222
爸爸会回来的 …… 226
蹭车 …… 229
下次一定 …… 232
贪官"诉苦" …… 236
回忆 …… 239
是否安全 …… 243
放风 …… 247
一轮明月 …… 250
变味的月饼 …… 253
三只小猪的故事 …… 256
"猪"队友 …… 259
运作 …… 262

# 目 录

一点"心意" ……………………… 265
"经费"背后的故事 ……………… 268
为领导"解忧" …………………… 272
"知恩图报" ……………………… 275
"茶"你没商量 …………………… 279
同"道"中人 ……………………… 282
错误的报恩方式 …………………… 288
谁"太蠢"？ ……………………… 291
最后一次 …………………………… 295
贪欲 ………………………………… 298
空头支票 …………………………… 301
绝不害你 …………………………… 305
临别家书 …………………………… 308
主动交代前夜 ……………………… 312
好好学习 …………………………… 315
做人清白最重要 …………………… 318
"进步" …………………………… 321
我不抽烟 …………………………… 324
一篮鸡蛋 …………………………… 327
人生目标 …………………………… 331
"上镜青年"赢主任 ……………… 334
"黑马" …………………………… 337

上篇

# "三 簧"

老余今天 65 周岁生日,像往常一样在老家摆了一桌,和家里的至亲欢聚一堂。寿宴上,亲友们不停地与老余及其儿子余泽成、女儿余红推杯换盏,大家非常高兴,只有余红兴致不高,一副心事重重的样子。

酒过三巡。余红突然借着酒劲,将酒杯重重地放在桌子上,望着对面的哥哥余泽成哽咽着说道:"哥,当着爸爸和亲友们的面,你就表个态吧!之前想请你把我从旮旯村小学调到县城教书,你说你在外县工作,与灵河县的领导不熟悉办不了。上周你调回灵河县任县委副书记了,找你,你还是不答应,我还是不是你亲妹妹啊?"

余红的一番话,瞬间把生日宴的气氛降到了冰点。

安静一会儿后,老余尴尬地笑着说道:"泽成,以前你在外县工作,在座的亲友都没有沾过你的光,现在你调回来了,应该帮帮大家,特别是你妹妹!一来她单位离家太远,不方便照顾家庭;二来县城待遇比旮旯村小学高不少。"

"对喽，有权不用，过期作废。泽成，现在大家就靠你多帮衬了。"余泽成的姑父连连点头说道。

在座的亲戚也纷纷附和起来，看着大家你一言我一语，余泽成嘴角勉强挤出苦笑："各位亲友，感谢大家今天来为我父亲过寿。虽然我调回家乡任职了，但也不能滥用手中的权力，请不要为难我。"说完，起身就朝院外走去。

看着余泽成的背影，老余的脸涨成了猪肝色，余红更是哭着离了席。

在座的亲友们面面相觑，满桌的美食变得索然无味，大家简单对付两口就草草结束了宴席，原本约好陪老余打麻将的亲友们也走了。

当天晚上，余红、余泽成借着夜色掩护一前一后回到家，老余早就微笑着在餐桌前等候了。

刚坐定，余泽成就开心地端起酒杯道："爸爸、妹妹，辛苦你们今天陪我演戏了，这次之后应该不会有人来找我走后门办事了吧?!"

（刘祖兴）

# 老张送礼

在县医院门外的大街上,老张让儿子小张去买一个装有进口水果和鲜花的礼篮,自己却往街角的银行走去。小张觉得奇怪,他知道父亲身上还有五六千元现金,怎么还去银行?

"爸,您包里不是有现金么?"

"五六千元现金哪里够?以咱这身家,给领导送钱得一万元起步。"

老张回头看了看儿子,心想老子这么聪明,怎么生了这么个笨儿子,要是自己像儿子这么不懂人情世故的话,别说打拼到现在不菲的身家,恐怕混个小县城的平均收入都成问题。他奉行的是互利原则,作为生意人,他觉得每件事情只有双方获益,才能赚得多、赚得久。

老张是个包工头,这些年承包了县里好几项大工程,现在已经成了十里八乡有名的老板。虽不至于大富,但也是地方上有名有姓的人物。说起来,老张以前也只是个普通农民，要啥没啥，日子过得很一般。但老张这人脑子活、肯干，又精通人情世故，东搞西搞之后，就成了包工头。老张有句口头禅："要想业务发展好，各方打点不可少。"

这不，刚上任的镇党委梁书记下乡去村里走访，不小心摔伤进了医院。得到消息的老张便领着小张前去探望。他这个儿子，去年刚大学毕业，在镇里工作。老张想，儿子要在镇里有发展，至少得让儿子在新书记面前多露脸，混个脸熟。他这次探望梁书记，一来是了解了解这位新书记的性情，二来要教会小张"人情世故"，让孩子多掌握一项"技能"。

"爸，现在不兴这一套了，弄不好适得其反。"

"我看你读书读傻了，古代还有一个礼部，专门送礼收礼的，你以为你老爹真的什么都不懂啊？"

小张笑了，没有纠正老张对礼部认知的错误。进了病房，老张跟梁书记打了个招呼，将水果鲜花礼篮放到了桌子上。接着，老张的口才和交际能力就完美地发挥出来了。五分钟不到，就跟梁书记聊得不亦乐乎。小张很疑惑自己的父亲是如何具备这个能力的，面对新上任又是第一次见面的书记，也能聊得一点都不尴尬。

"梁书记啊，您可是我们的好父母官，作为小镇居民，希望书记早日康复！"

临走之前，老张把一个鼓鼓的红信封塞到病房的抽屉里，转身就要领着儿子离开病房。可没想到，梁书记拉住他的手，死活要把信封推回去。几番推让之后，老张见梁书记是铁了心不收，只好悻悻离去。几天之后梁书记出院了，老张打听到这位新书记的家庭住址，不死心的他又带着小张登门拜访。

"梁书记，上次送钱那事是我做得不地道，今天我向您承认错误。"

老张仍然是自来熟，进了梁书记的家门似乎一点陌生感都没有，滔滔不绝地开始了他的表演。老张先是主动承认上次封红包的错误，态度那个诚恳啊，看得小张都以为老爹真的转性了。接着，老张与梁书记聊起了小镇的一些人和事。作为新上任的父母官，梁书记看了不少小镇的官方资料，但民间视角中的小镇是什么样子，他还是有兴趣的。这也是老张这个人精的厉害之处，他知道别人需要什么，就提供什么。

"这里有个小东西，不值几个钱，您可不要推辞。"

老张把一个实木盒子放在了茶几上。梁书记并没有看盒子，深深地看了一眼老张和小张，最后对老张说："我们三天后有个会，就让小张过来吧。"老张一听，心里顿时乐开了花，心想这回儿子前程有望了。

三天后的傍晚，小张刚回到家，老张就迫不及待地问，会开得怎么样。小张垂头丧气地摇了摇头，掏出老张送给梁书记的那个实木盒子，边塞给老张边尴尬地说道：

"今天参加的是全镇干部警示教育大会！"

（覃丽俏）

# 心　声

灵河乡李乡长凌晨两点就醒了,在床上辗转反侧二十几分钟,还是无法入睡,于是起身下床到客厅沙发上坐着抽烟。

突然,一只蚊子飞到李乡长左手手背上,李乡长抬起左手盯着蚊子跟它聊起来:"兄弟,咋啦,你也睡不着,你是不是饿了?"

蚊子嗡嗡几声,好像在说:"是的。"

听到蚊子的回应,李乡长就继续跟它聊:"有时候觉得做一只简简单单的蚊子挺好,饿了,就去吸点血,吸饱了就睡,想飞哪儿飞哪儿,无忧无虑,对吧?"

蚊子没回应他,自顾自地吸着李乡长手背上的血。李乡长也不生气,继续说道:"咋啦,生我气啦?晚上被拍死的那只蚊子是你老婆吗?它是被我老婆拍死的,你要报仇就去找她,别找我。兄弟,别怪我没提醒你,我老婆最近可凶得很,我知道,她是故意找事儿,上周她弟弟跟她说想承包灵河、贾庄等5个村村委大楼建设项目,她答应做我工作,但是我一直没同意。她觉得我对她家人不好,关照不够。"

"说起这个项目,我心烦呐。为了拿下这个项目,有托我老婆说情的,有直接打招呼的,有老朋友安排饭局促合作的,等等。兄弟,你说烦不烦。"李乡长开始大倒苦水,"喏,鞋柜旁边的深蓝色公文包就是昨晚饭局结束时程总给我的,说是村委大楼项目设计、预算等材料。到家后我一看,包里面除了材料,还有整整10万块钱呐,真大方,抵得上我一年多的工资啦,这可是我第一次收钱。现在我的心里好像有一个天使、一个恶魔。天使不停地告诫我:要守好廉洁底线,无论如何都不能收;恶魔却怂恿我:有权不用,过期作废。兄弟,你说我该听谁的?"

说完,李乡长眉头紧锁,一边抽烟一边紧紧地盯着左手手背上一直吸血的蚊子。当香烟快燃尽的时候,蚊子的肚子已经圆滚滚了,但它还在贪婪地吸着血。看到这一幕,李乡长幡然醒悟,狠狠地将香烟按在烟灰缸里,坚定地说道:"人的欲望之门一旦打开就将难以自拔,最终会坠入无边的黑暗,我不能像你一样贪婪,明天一早我就把程总送的公文包交到县纪委。"

紧接着,李乡长一巴掌拍在左手手背上,然后说道:

"兄弟，对不起，你太贪了。"

擦掉手上的血迹后，李乡长安心地睡觉去了。

（刘祖兴）

# 局长题字

今年恰逢县乡换届年,全县各单位的领导干部符合提拔条件的都获得提拔了。吕局长因为近几年各项工作业绩突出,也在提拔人选之列,拟提拔为副处级领导干部。

星期五这天,市委组织部干部考察组前来对吕局长进行考察。吕局长前脚送完市领导,后脚刚进门,就见办公室里齐刷刷地站着几个人——办公室主任、财务科科长、人事科科长。

"局长,哦,不,吕处长,宣纸已经买好了,请您亲赐墨宝!"三人异口同声,毕恭毕敬地微笑着向吕局长哈了哈腰。

吕局长看着桌子上的宣纸和眼前三个部下,先是一怔,很快回过神来,似乎明白了什么。立刻严肃起来,摆手说:"这像什么话,不行,不行,平时练练还可以,怎么能送人呢?"

原来吕局长平时有个爱好:写毛笔字,而且他本人还是县书法家协会的会员。凭着十几年的刻苦练习，他自认为毛笔字写得不错，但从来没有送过别人。今天有人向他要题字，那真是大姑娘上轿——头一回。

"处长，您就别谦虚了，谁不知道您的书法是咱们县里最棒的呀！"办公室主任人靓，嘴巴更甜。

"处长啊，您如今都当上处级领导了，可是'一字千金'呀！将来您再高升高升，那您的字可就更加值钱了！"财务科科长真不愧是管财务的，三句话不离本行。

"处长，您的书法有历代书法大家之风范，我羡慕很久了，您就赐我们几幅墨宝吧。"人事科科长的话也非常中听。

吕局长被大家你一个"处长"、我一个"处长"的叫得不知如何是好，也不好意思跟大家翻脸，毕竟同事一场，眼看自己就要获得提拔了，"敏感时期"不敢轻易"得罪人"嘛。推托不开，吕局长只得答应下来，叫他们各自写好内容，星期一再到办公室来取。

吕局长心里明白，这帮人在这个时候来向他要题字，看中的并不是自己的书法，而是自己的职位，真是"一人得道，鸡犬升天"啊，如今自己的字也随着职位的升迁而开始"升值"了。

很快，三人就把各自所要题写的内容交上来了。办公室主任要写的是：青云直上。财务科科长要写的是：财源滚滚。人事科科长要写的是：步步高升。

吕局长瞪大眼睛盯着三人要题写的内容：办公室主任要的是"青云直上"，人事科科长要的是"步步高升"，这俩人分明是渴望得到提拔，官迷心窍；财务科科长要的是"财源滚滚"，这不明摆着管财务的想钱想多了，财迷心窍吗？三个人的这点心思哪能瞒得过吕局长雪亮的眼睛！

吕局长盯着大家要写的内容，皱起眉头，心里若有所思。很快，吕局长的眉头舒展开来。

星期一早上，吕局长刚进办公室，办公室主任、财务科科长、人事科科长三人就像往常一样准时进来汇报工作。大家汇报完了之后，并没有马上离开的意思。吕局长看到这个情形，连忙从提包里拿出三幅书法，"来来来，每人送一幅，记住，要好好珍惜，不要浪费我的一番苦心哦"。

"谢谢处长的墨宝！"三人如获至宝。高兴得连忙打开宣纸，"啊？"三人都怔住了，张开的嘴巴半天合拢不来。只见纸上面什么字也没写，仅仅在左下方写有三人的姓名。

吕局长语重心长地说道："年轻人啊，你们不要奇怪，人生就像一张白纸，命运的笔就掌握在你们自己的手里，要走好人生的旅程，就得写好每一步，画好每一笔。这是我写得最好的'书法'了,今天送给大家,与大家共勉,千万不要辜负我的一番心意哦。"

三人拿着还飘着墨香的"书法",你看看我,我看看你,然后又都把目光转向吕局长。

清新的阳光从窗外照进来,照在四个人的脸上,照在三幅"书法"上……

(李春鹏)

# 钓　鱼

"赵总，我们的项目环评结果出来了，没有达标。"小刘战战兢兢地在赵总身旁小声地说。

虽说早已猜到了这个结果，但是赵总还是有些不甘心。这个项目公司投入了大量人力物力，如果审批不过，公司前期的付出就全打水漂了。

望着窗外暴雨即将倾盆而下的天空，赵总的眉头越发紧锁。

在小刘的印象里，赵总已经有一年没抽烟了，怎么又抽上了？

"小刘，新任命的局长知道是谁了吗？"赵总猛地抽了一口烟，好像下定了决心，急急忙忙给小刘布置起任务，"我们公司的新项目能不能通过，他很关键啊，你去查查他的资料，看看这个新任局长有什么兴趣爱好。"

于是，小刘这几天都没闲着，经过一个多月的蹲守观察，他发现新任局长喜欢去钓鱼，于是赶紧向赵总报告。

## 钓　鱼

"赵总,新任局长叫陈钢,刚从外地调来,喜欢钓鱼。"听到小刘打探的"情报",赵总的嘴角露出了一丝微笑。

从没碰过鱼竿的赵总去渔具市场斥巨资购买了一套顶级钓鱼装备,还自行恶补了很多钓鱼知识。于是,陈钢每次钓鱼时,赵总总会掐准时间制造偶遇。碰面的次数多了,两人渐渐熟悉起来,互留电话,偶尔会相约一起去钓鱼。

陈钢的鱼竿档次比较低,每次钓的鱼都没有赵总的多。某天,赵总借故离开,把鱼竿借给陈钢用。

陈钢对赵总的这款鱼竿心仪已久,奈何价格太高一直没有入手,想着可以借来用用也挺好的,下次还给他就是了。

还真别说,换了一根鱼竿,钓鱼的感觉就是不一样!水中的鱼变得听话起来,不停咬钩,大约两个多小时,已钓上十几条鲫鱼、两条大草鱼,陈钢高兴得嘴巴都合不拢。

再次相约钓鱼的时候,陈钢发现赵总带了款全新的鱼竿,和上次借给他的一模一样。

还没等陈钢开口说还鱼竿的事情,赵总便主动说道:"这套渔具您先留着用,就我这水平,有它没它都一样,但在您手上才能发挥它的价值。"两人推来推去,最后鱼竿还是回到了陈钢手上。

今天也和上次一样,陈钢钓上来的鱼装了满满一桶。分别时,赵总凑到陈钢的耳边:"陈局长,我们公司的项目在环评环节出了点问题,请您关照一下。"

"什么项目?这个得按程序走吧。"陈钢放下手中的鱼竿,职业的敏感也令他把刚刚绽放的笑容给收了回来。

赵总又悄悄耳语道:"有个指标不符合要求,需要您这边打个招呼通融一下。放心,事成之后,我们会好好感谢您的。"

临别时,赵总把自己钓的满满一桶鱼也交到陈钢手里。

晚上回到家,陈钢躺在床上翻来覆去,怎么也睡不着。迷迷糊糊中,他发现自己变成了一条大鱼,见到一个鱼饵,一口咬下去,紧接着就被鱼钩钩住了。他拼命挣扎,可越是挣扎得厉害,那根钩子在它嘴巴里陷得越深,抓得越牢……

第二天一大早,陈钢就来到赵总的公司,把渔具还给了他。

走出赵总的公司,陈钢松了一口气,自谑道:"幸好没有咬饵啊!"

(陶 玥 黄民文)

# 三　婆

几年前,村里人就知道,三婆的小儿子阿武被调到省城当大官了。具体多大的官,三婆从来不对外人说,也不许其他几个儿子对外人说。

村里人只知道,以前阿武还在市里任职时,他每次回老家探亲,县里、乡里大大小小的官儿争先恐后地跑到三婆家里来,美其名曰向领导汇报工作,但没有人是空手来的。

起初一两次,三婆的脸上还有点笑容,次数多了,三婆的脸色越来越难看。以至后来每次阿武回来,三婆都守在家门口,将来找阿武汇报工作的人挡在门外。三婆对阿武说:"小武,你能回来陪我吃饭,我心里既高兴又担心。"

阿武说:"妈,你放心,我心里有数呢。"

三婆看着阿武闪烁的眼神,心里难受极了。

八十多岁的三婆终于作了一个决定,对阿武说:"小武,要不以后你少回,要是我想你了,就让你哥带我去看看。"

阿武犹豫了一下,最后点了点头。

从那时起,村里人一年到头都见不到阿武一两次,再后来听说他被调往省城了。村里人只知道,调往省城后的阿武再也没回过老家,倒是隔三岔五就见三婆随她大儿子进城。

前年,村里的二赖子开摩托车把人撞伤了,没钱给医药费,被人起诉到法院,二赖子的娘急忙来找三婆帮忙:"赖子他婶,可否找阿武帮忙,他在省里当官,县里的领导都听他的,只要他出面说一声,二赖子准没事了。"

三婆起身,翻箱倒柜地摸出一个小布袋,从里面摸出两卷纸币,递给二赖子的娘,说:"二赖子他娘,这钱,算是我的一点心意,你先赔给人家吧。"

"三婆,这钱不够啊。"二赖子的娘说。

"你先拿着,我再想想办法。"三婆将钱塞到二赖子的娘手里。

"这钱你自己留着吧。唉,想当初,要不是我眼疾手快,阿武早就淹死在河里了。"二赖子的娘说着,将钱丢在三婆的床上,转身气鼓鼓地走了。

看着二赖子的娘远去的背影,三婆的眼角湿润了。

隔天,三婆让大儿子帮她把养了几年的大黄牛给卖

## 三　婆

了,并将多年的存款取了出来,然后托人给被二赖子撞伤的人送去。

三婆的大儿子说:"娘,您这又何必呢。您就把阿武的事实话告诉她,她会理解的。"

三婆说:"她的恩情,你们都要给我记在心里头,我们家一辈子都还不清的。"

去年,三婆的大孙子大宝高中毕业没考上大学,他在饭桌上央求父亲给阿武叔叔打电话,让他帮忙在省城找一所高校就读或者安排进国企工作。

大宝从小就怕阿武叔叔,都不敢开口跟他说话。

正在喝玉米粥的三婆一听,重重地将碗筷撂在桌子上,对着大宝厉声骂道:"小小年纪就要找关系,我看你也不是读书的料,回家来帮你爸种地养猪算了。"

大宝小声嘀咕道:"我们班上小张也没考上,听说他叔叔已经给他找好了学校,据说连毕业后去哪儿工作都安排好了。"

"大宝,咱们不能做那些旁门左道的事,我们要靠自己的双手挣钱吃饭,只有靠自己才不丢人!"三婆缓了缓语气,轻声说。

大宝的父亲接话道:"大宝,你奶奶说得对,你要是想继续读书,咱就复读一年,要是不想读书,回来我们一起,准能干出点名堂。"

"勤不富也饱，懒不死也饿。"三婆肯定地说。

三婆他们的一番话，让大宝低下了头。

今年春节，九十多岁的三婆病了，外出打工的亲朋好友都赶着回来见她最后一面，独独不见阿武的身影。

"要不要通知阿武回来一趟。"在三婆弥留之际，来看望她的村主任说。

三婆摇摇头，艰难地闭上了双眼，眼角慢慢淌出两行浑浊的泪。

三婆的大儿子放声大哭，一边哭一边说："我弟，四年前让我娘亲手送进去了。我娘，她心里苦啊。"

（韦凤美）

# 数　树

李科长召开科室会议，决定近期让科室人员分片包干到各城区去数树。李科长说，数要精准，不能马虎。会后有同志偷笑："新官上任三把火，李科长这火烧得有些过头吧，竟然让大家数树。"

李科长任市政管理科科长伊始，正是一年一度部门预算之时。预算过程中，他发现有一个项目没办法预算，翻看以前这个项目的预决算情况，也是一笔糊涂账：防治树木病虫害资金40万元。李科长知道，防治树木病虫害，其实就是冬天给树木涂漆——从树木的根部到主干约1米高的地方刷上一圈白漆。

李科长记得与老科长交接的时候，老科长特意嘱咐他说："别看市政管理科不大，但用途不小。光是管理上万棵树，就像管理千军万马一样威风。"当时李科长对老科长把树比喻成千军万马有些不以为然："什么千军万马，不就是些扎根泥土兀自生长的树吗，难道它们还能冲锋陷阵上战场?"老科长听后,意味深长地笑了笑:"你还没有进入角色,等你熟悉业务以后,就不会看轻这些司空见惯的东西了,它会让你的生活像树上挂的红灯笼一样红红火火……"

老科长交代完业务,顺便还给了李科长一个电话号码。然后说:"这是我一个兄弟的电话,他是个好'将军',他会帮你管理好千军万马,你只要关照好这个'将军'就行了。"李科长想以前还真不知道老科长这么有文采,什么比喻都信手拈来。

千军万马?"将军"?李科长思来想去,总觉得事有蹊跷。他请国土资源局的朋友,用卫星图纸勾勒了一下全市区的绿化面积,再按每间隔3米或者5米的间距一棵树的标准,粗略统计了一下:市区的树按每棵涂漆市场价算,这个防治树木病虫害项目经费不过20多万元。

李科长办事认真严谨,他决定彻底清查到底有多少棵树。

下到片区统计树木的第三天,老科长打电话来了:"小李,你这是干什么,不就是几棵树吗,值得这么大动干戈?你又不是搞统计的,数树干什么?小心别人告你不务正业。"那时候,李科长戴着防蚊纱帽正在树林里穿梭,他发现按卫星勾勒图纸的面积分配的树木有很大水分,而且生长在偏僻地方的树木根本就没涂漆,初步估计真正涂漆的树木不到总数的一半。李科长笑着回答老科长："没什么，我只是检阅一下'部队'而已。"

老科长无奈，嗔道："你呀你，小心别累着了。"

当天晚上，李科长接到一个陌生电话，说是老科长的朋友，想邀请他一起坐坐。这个陌生来电就是之前老科长提起的"将军"——承包防治树木病虫害项目的秦总。

又过了几天，科室同志精准地把树的数量统计出来了。李科长盯着数字正在沉思，秦总敲开了李科长办公室的门。秦总热情有加，请李科长无论如何都要赏个脸，抽时间聚聚，还说他跟老科长是多年的好朋友了……

听完秦总的一席话，李科长似乎明白了，他礼貌地拒绝了秦总。秦总走后，李科长发现茶几上有一个鼓鼓的信封。

当天晚上，李科长写了一份材料。第二天他揣着那份材料，连同那个信封，径直去了市纪委。

(邓　焕)

# 给小王撑腰

王勉被选派到李子村担任驻村第一书记已经两年多了,他自认为平时工作勤勤恳恳,为群众办事尽心尽力,可就在上周,纪委派人到村里了解危房改造情况,虽然没说明具体缘由,但他心里明白——自己被李大福举报了。

李大福今年48岁,单身,父母早已过世,有一个妹妹远嫁外省多年。举报是因为李大福家的泥坯房属于危房,全县在打脱贫攻坚住房安全保障战役时,政府计划按1人户兜底3万元资金的政策给他建一间混凝土房,可李大福不同意,坚持说妹妹户口没迁走,要按两人户补助4万块算。最后经村委会民主评议,李大福家常住人口就1人,只能补助3万块。他看到公示后不乐意了,一口咬定是王勉卡了他,三天两头跑到村委会闹。

这个李大福在举报前,特意把举报信拿到村委会给王勉看,并威胁道:"你这么针对我,是欺负我上头没人,还是想让我给你送吃送喝?县纪委明天搞大接访,你要是不把房子的事给我解决好,我就让你当不成这个第一书记!"王勉没有妥协,李大福就真的去举报了,还在网上到处宣扬说王勉吞了他的1万块钱,一时间议论纷纷。

虽然知道前因后果的人都支持王勉,但这事传到不明就里的人耳中,就是另一种情形了。王勉的妻子打电话来说老母亲最近总在家念叨,嘱咐王勉要时刻记着自己吃的是国家的饭,做人做事要正派,可不能昧了良心。某个朋友时不时在微信给他推送警示教育案例,暗示他引以为戒。对于亲近之人的误解他还能解释一二,但对那些道听途说就在背后指指点点的群众就束手无策了。村里的李小进本来是要办理自家危房改造申请手续的,前几天也吞吞吐吐地跟他说:"王书记,我看您平时工作那么忙,不好麻烦您替我们操那么多心,我等女儿放假回来让她填好危改申请材料拿去交也行……"明着说是分忧,其实是怕他吃回扣,王勉无言以对。

常言道,人言可畏,众口铄金。风言风语听多了,王勉的心里就堵得慌。面对纪委派来谈话的同志,他忍不住把心里的憋屈一股脑儿都说了。

经过纪委调查核实,王勉在办理危房改造过程中所有程序依规依法,没有吃拿卡要,更没有克扣危改资金,李大福的举报不属实。鉴于事件传播范围比较广,对被举报人的名誉造成了不良影响,打击了被举报人的工作积极性，纪委决定在镇里给王勉召开澄清正名会，以正视听。

澄清正名会由县纪委监委派出的核查组张组长主持，还邀请了镇党委书记和李子村村"两委"及各屯群众代表。会上，调查组将关于王勉危房改造工作的核查情况进行了说明，还了王勉清白。

会议刚散，核查组张组长走过来拍了拍王勉的肩膀说："小王同志，你所做的工作大家都看在眼里，身正不怕影子斜，只要依规依法办事，谁来举报都不管用，有组织给你撑腰。你要卸下思想包袱，继续加油干。"王勉挺了挺腰杆连连点头，连日来的压抑感终于散去。

（银兰娟）

# 鱼　刺

清晨，睡梦中周佳文的鼻子被风裹挟进屋的米粉香味侵袭了，他忙从床上爬起来，简单洗漱后披衣而出。

镇子虽小，但刚好是圩日，镇上原本两车道宽的道路被赶集的人挤得水泄不通。周佳文找了个粉店，简单吃了早餐，然后径直到办公室。

上午十一点，周佳文处理完手上的文件后，望着窗外明媚的阳光，决定骑上摩托车到各村屯去转一转。

"周镇长，您要去哪儿咧？"就在周佳文跨上摩托车的一刹那，家在镇上的办公室副主任小李从大门外闪了进来。

"到附近村屯随便转转，熟悉熟悉情况。"周佳文应道。

"您稍等，这个镇每个地方我都熟，我带您去。"小李说着，打开自己停在大院内的轿车副驾驶室的车门，做出一个"请"的动作。

周佳文从小在县城长大，上个星期刚被提拔到这个镇上任镇长，对该镇辖区内各村屯的情况并不清楚。

"有个向导也不错。"周佳文想着，上了小李的车。

"镇长，我们镇的靠山屯很出名，市县很多领导周末和节假日经常来玩，要不我先带您去那儿看看。"小李说。

"行啊。"周佳文笑着说。

"好咧。"小李一踩油门，车子像泥鳅一样滑了出去。

从镇政府出来，沿着二级路一直往前行驶二十多分钟，映入周佳文眼帘的是"靠山鱼庄"特大招牌，鱼庄外面几百平方米的停车场上停满了车辆，很多都是外地的车牌号。

"到屯里看看。"周佳文说。

小李找地方停好车子，跟随周佳文走上靠山鱼庄后的石拱桥。

"这里的水真清。"周佳文站在桥上往下看，河里的水草随着水流摇曳生姿，小鱼儿在玩着捉迷藏的游戏，几排竹筏在上游漂着，传来了游客的阵阵笑声。

靠山屯的几十栋房子坐落在一座白黑相间的大山底下，房子前面开满了油菜花，花丛中有不少游客在忙着拍照。

"靠山屯果然名不虚传。"看着眼前的美景，周佳文由衷地赞美。

# 鱼　刺

"其实，靠山屯吸引人们前来，主要不是因为美景。"小李说。

"那是为啥？"周佳文问。

"因为舌尖上的诱惑。"小李说。

"说来听听。这里除了风景，还有什么吸引人的？"周佳文问。

"我这就带您去瞧瞧。"小李指了指靠山鱼庄。

周佳文跟在小李后面，从鱼庄的后门上了三楼。

小李推开其中一个包间，里面已经坐着几个人了。他们看到周佳文和小李立即都站了起来。

小李指着他们对周佳文说："周镇长，他们都是村'两委'干部，听说您来了，非要让我留您在这儿尝一尝这里的饭菜。"

所有人依次上来跟周佳文握了手并作了自我介绍。

"你们太浪费了。"周佳文严肃地看着小李说，眼里满是责备。

"家常菜，家常菜。"村主任连忙说。

整桌菜都是鱼做成的，有生鱼片、小河鱼焖黄豆、清蒸剑鱼等十来个菜。周佳文心里暗暗算了一下账，这样一餐下来，起码花费七八百元。

对着满桌的美味，吃了几口最爱吃的清蒸剑鱼，周佳文还是觉得五味杂陈。

"……呃,喉咙不太对劲……"说着,周佳文忙起身要走出包间。

"镇长,您没事吧?"小李立即起身要跟着周佳文出去。

"没事,你陪村主任他们先吃……我出去缓缓就好。"周佳文示意小李坐下。

"该不会是被鱼刺卡喉咙了吧……"看着周佳文出了门,包间里的小李和村干部们不禁嘀咕着。

周佳文出了包间径直朝收银台走去,直接把账结了。

回到包间的周佳文明显舒畅了许多,似乎菜也突然变得好吃了。

……

"镇长被鱼刺卡住的时候去前台把今天的餐费结了……"把周佳文送回去后,小李看到了村主任发来的信息,似乎明白了什么。

"餐费才是镇长喉咙里的'鱼刺'。"村主任看着小李回的信息,不知是喜是忧。

(韦凤美)

# "回家"的茶叶

老李是某企业的部门经理,这天,公司的高层刚下达了死命令:这次的竞标对公司很重要,无论如何都要拿下。

回到家里,老李眉头紧锁,一个人在沙发上抽闷烟。最后,他决定去找找自己多年的发小彭镇长。

思来想去,他来到了烟酒店,买了两瓶五粮液和一条中华,又照着从网络上学来的办法,买了一盒便宜的茶叶,把一张贴有密码的银行卡放了进去。

来到彭镇长家,彭镇长热情地邀请他进屋就座,并说道:"老李,今天怎么有空来找我,快进来坐坐。"

"来看看老同学!"老李满脸笑容,拿着东西走进了彭镇长的家中。

二人叙旧了一番,老李忽然有点欲言又止。

彭镇长也看出了他的异样,对他说道:"老同学,有什么话不妨直说。"

"我们公司有个项目,就是你们镇上最近要招标的,您看看是否可以……"

彭镇长听完,立即正色道:"这个招标都是按规矩来的,你们公司做这一行很多年了,现在最重要的是认真做好投标准备。"

"当然,当然,我知道。"老李连连点头,随即把准备好的礼物放到了彭镇长面前,"咱们好久没见了,空手来太不够意思了,一点心意,不成敬意。"

彭镇长拿过塑料袋一看,瞬间变了脸色:"老李,你在搞啥!快拿回去,你这是要我犯错误!"

看着彭镇长义正词严的样子,老李开始语无伦次起来:"我,我,我是想……"

老李满脸通红,立马起身把茶叶放在桌上,边说边往门外走,"这样,这个茶很便宜,名烟名酒我拿回去,这个茶你就收下吧。"

过了几天,彭镇长一直没有退给老李茶叶。

"没想到啊没想到,我那发小一眼就看出茶叶才是正菜!"想通了的老李瞬间神清气爽,做事也有了底气,投标准备工作也高质、高效地准备了起来。

果然,老李的公司成功中标了。于是,这天晚上,他又带着水果来到了彭镇长家中。

彭镇长也依旧热情地招待了老李。席间,老李醉了,他拍着彭镇长的肩膀说道:"老彭,还是你道行深啊!"

彭镇长只是意味深长地笑着,扶了扶醉眼迷离的老李,让老李的司机小陈送老李回去,临走时还提了个袋子放到车上。

第二天,昏昏沉沉的老李在家中醒来,突然发现床头有一个塑料袋,里面放着他先前给彭镇长的那盒茶叶。他赶紧打开茶叶一看,只见里面直挺挺地躺着那张银行卡,里面还有彭镇长的一封信。

只见上面写道:"老李,我的道行可没有你深!这次看在多年兄弟的面上给你做人留一线。顺便提一句,你们公司项目投标计划书做得很好,竞标价格也给得合适,项目是你们公司应得的。送你一句话,违纪违法事情莫做,行贿受贿一样会被抓!"

(袁春怿)

# 心　安

阿诤一毕业就通过公务员考试，考上了本县纪委监委。在大家的眼里，这可是一个"香饽饽"。这不，立马有人登门了……

"阿诤，好久不见，听说你考上了纪委，叔知道你喜欢听歌，正好别人送了我一副耳机，我们上了年纪的人都不太喜欢用，你拿去用吧，也算是给你的奖励……"

送耳机者，正是阿诤老家的邻居，是村里的小学校长，也是阿诤的长辈。

你能想象，对于一位狂热的音乐爱好者来说，能拥有一副优质的专业耳机是多么大的诱惑，特别是对于一个刚毕业、生活并不富裕的年轻人来说。

"王叔，谢谢您，您的好意我心领了，但耳机不能收。"阿诤毅然决然拒绝了王叔的礼物。阿诤是该县纪委监委驻县教育局纪检监察组的新干部，几天前，刚接到群众的举报信，举报王校长虚报学校硬化路面面积骗取工程款问题，所以面对突如其来的送礼，阿狰立马警惕了起来，直接拒绝了。

"不用紧张，都是一个村的，长辈送你个小礼物而已……"王校长以为阿狰只是客套客套，随即，笑眯眯地递上一个黑色的袋子，阿狰从袋子的包装认出，这是国外某名牌耳机，在耳机界广受好评，颜色正是他喜欢的，也恰好是躺在他网上购物车许久的那一款耳机。

"不用了，我有，谢谢王校长。"脑海中浮现出那些信访件，阿狰果断地再次拒绝了。

此后的第三天，阿狰下班回家打开房门，发现家里来了一位客人——王校长的妻子。

"阿狰，你下班回来啦，这不是过节了嘛，我做的粽子，你叔叫我送一点过来给你们尝尝。"看见阿狰，王校长的妻子立马上前热情地打招呼，拉了几句家常，随后，放下粽子，就急匆匆回家去了。

王校长的妻子走后，阿狰发现了藏在粽子底下的耳机。他连忙打开门追出去，发现已空无一人。

"放心，粽子我已经给你送到了，你就安心吧。"回到家中，王校长的妻子满脸笑容地对王校长说道。听到妻子的回答，王校长稍微心安了一点。这时，门外突然响起了敲门声，王校长打开门一看，阿狰拎着个袋子正站在门口。阿狰来到王校长家中，开门见山地说道："无功不受禄，王叔，请您把耳机收回去。"看着阿诤坚定的表情,王校长也不好再说什么。

气氛僵持了一会儿,王校长点了一根烟,深吸了一口,猛地抬起头说道:"阿诤,事情是这样的,前段时间县纪委的人来我们学校了。不知道在调查什么,学校人心惶惶,教学工作都不好开展了,你不是在纪委工作吗,透露一点。"

"这个不能说,这是纪律!"阿诤说道。

"清楚清楚,这是纪律,那你能不能告诉我查得怎样?有问题吗?"

"这个……"阿诤有些为难,"这是涉及纪律的问题,真的不能说!"

"没事,叔知道。耳机的事情不会有人知道的,你在调查的时候'关照关照'就可以了。本来也没啥大问题,人品这方面叔敢打包票,叔也快退休了,只是不想把事情闹大,让别人看笑话而已。"

"'打铁必须自身硬',作为一名纪检监察干部,我们任何时候都要经得住考验、抗得住诱惑!"这句话突然出现在阿诤的脑海中,犹如黑暗中的一束亮光为他指明了方向!

……

两周后的一个晚上,在纪委监委驻县教育局纪检监察组办公室里的电脑上，以下字符正在快速跳动着："综上所述，××小学校长王××虚报学校硬化路面面积骗取工程款问题属实，根据……之规定，核查组建议对王××的违纪问题进行立案审查。"

阿诤输入完这段话后，打着哈欠，伸了个懒腰，他戴上挂在脖子上的耳机，拿起手机播放起了他最爱的那首歌。阿诤明白，收下王校长的礼物，让王校长"心安"，但自己做出打破原则的事，失去底线，自己将永不会"心安"。想到这儿，阿诤露出了笑容，安心地畅游在音乐世界当中……

（陈勇其　庞玉妹）

# 老鼠惊魂记

"好你个大老鼠,竟敢偷我家的米,看我不把你揪出来……"7岁大的小曾蹲在田埂的鼠洞前,气得咬牙切齿。

那年,正值大旱,乡里连续大半个月没下过一滴雨,水稻结穗少,收成只有往年的一小半。全家顶着烈日把"消瘦"的稻谷割了打了,掰着手指头计算用量,眼巴巴指着这两麻袋大米过冬。

小曾主动请缨,每天寸步不离看守大米,生怕附近山林的蛇虫蚁兽到家里偷食。然而,一段平静的时光过后,担心的事情还是发生了。一天早上,小曾发现装米的麻袋被咬破了个洞,大把的白米撒落在地上,老鼠窸窸窣窣吃得正欢,沿途还有"运货"漏下的米粒。这都抵得上全家好几顿大米饭了!小曾强忍着怒气,大喝一声,穷追不舍,紧跟老鼠跑到了田里。

但是,眼瞧着老鼠一晃进了鼠洞,不见了身影。小曾突然想起,爷爷从前教过如何逼鼠出洞的!他赶紧掏出火柴，抓起一把稻草点燃，浓烟滚滚呛得他龇牙咧嘴。他又立刻把稻草塞入洞口，直熏鼠洞。不过十几分钟，老鼠便口吐白沫挣扎着倒在了洞口，嘴边还有几颗来不及消化的白米。

缉拿了作案凶手，小曾回到家还是委屈不已。爷爷抚着他的背道："老鼠人人喊打，是因为贪欲无度，偷窃啃食别人的米面。咱们做好措施，下次就不怕了……"

后来，连年风调雨顺，再没闹过旱灾，小曾家也把米袋子换成了严实的米缸。而小曾则凭借着一股子不服输的劲，一路勤学苦读，重点大学毕业后，进入市粮食局工作。

爷爷听闻喜讯打来电话，说家里今年收成很好，大米和各类蔬菜大丰收。话音一转，又叮嘱他如今为国家看管粮食，切记要严防啃食无度的"老鼠"，更不要当"老鼠"。小曾听了忍俊不禁，爷爷一个庄稼人，哪里懂机关单位的事情呢！

某天，多年未见的同学约小曾叙旧，带着他七拐八绕，来到一处高档的包间，在场的，还有同学的朋友李总。

酒过三巡，李总开了口："曾主任，您看，咱们市里那个粮食仓储招投标项目，我们公司是很有实力的，就差您再指点指点……"

小曾错愕，看向了老同学。

"放松，李总知道你最近参与了这个项目，他只是让你提供一点标书信息，再带着走动走动。"老同学凑近小曾的耳朵，"你最近不是想接长辈到城里住吗？房子的事李总能帮上忙。"说罢，又朝角落的方向努了努嘴，礼品盒子里的红色钞票露了出来。

听着李总一口一句保证，小曾有些心动了，觥筹交错间越发飘飘然。酒足饭饱，小曾靠着椅子困意顿起，迷迷糊糊间，他仿佛来到了老家广阔的田野上，风吹稻浪，格外恬静。

"别跑！"小曾循声回头，竟有人在身后凶神恶煞般追他。来不及多想，小曾只能撒腿就跑，慌不择路间闯进了一个洞窟，幸亏洞口很小，对方进不来，给了他喘气的间歇。忽然间，白色的滚滚浓烟涌了进来，瞬间铺天盖地布满洞窟，让人难以呼吸。"好你个大老鼠，竟敢偷我家的米，看我不把你揪出来！"洞外传来熟悉的声音。嗯？这不是我的声音吗？小曾看向自己，竟是黑茸茸的毛发，四趾的爪子，再抬头，一把叉子向自己叉来……

"啊！"小曾从梦中惊醒，看了一眼对面的李总，又低头看了看自己的双手，怀着曾经对硕鼠的厌恶、此时即将成为硕鼠的羞愧，仓皇跑出了包间。

（肖　遥）

# 能人办事

沈跃如今是沈家村村民眼里的"能人"。二十多年前,他家里穷得揭不开锅,是村里日子过得最艰难的。当年,离开村子到县城谋生时,他带着儿子沈睿、女儿沈瑶等一家老少七口人,可怜这两个孩子还不到十岁,穿的都是补丁摞补丁的衣服。

离开沈家村时,村里的人还背地里笑话沈跃:"真是枉读了高中,村里文化最高的人,全家过的日子最苦!"

可是,今非昔比。听说,老沈的儿子沈睿在县城当上了局长,女儿沈瑶在省城当上了某个部门的处长,日子越过越好,连老沈都开上小轿车了。按理说,这老沈该享享清福了。大家想不到的是,老沈居然回来了,还承包了十多个山头绿化造林。

"你们还真别说,我的特困申请办下来了!"老贾在村头的大榕树下,高兴地说,"多亏了老沈!"

"我儿子在县城的工作有了着落,终于安心了!"脱贫户刘婶兴高采烈地说,"多亏了老沈!"

"今年的芒果都销不出去,愁死我了!多亏了老沈,帮我把芒果的销路解决了!"承包村里芒果林的种植专业户沈海说,"老沈简直就是及时雨,要不然,我得赔本了!"

于是,老沈的"能人"名声,随着村民一传十、十传百,变得神乎其神了。紧接着,来找老沈办事的人,简直要把他家的门槛给踏破了。

有的人家孩子上不了重点高中,跑去找老沈;有的醉驾被抓了,家人跑去找老沈;还有的想在城里买大房子,差了二三十万元,也跑去找老沈。

"还说能人呢!不靠谱!我家孩子找他帮忙,也进不了县城的重点高中!"有人愤愤不平。

"还说能人呢!假的!我家那口子醉驾被抓了,找他一点用也没有!"有人附和着。

"都说老沈家的钱花也花不完,我找他借二十万元,他就一个劲地摇头!说这个没有办法!我看他就是一个吝啬鬼!"看到大家在说着老沈的事,又有人站了出来,对老沈的"办事"能力提出了质疑。

有一次,驻村工作队第一书记段杰在县城看见沈睿,把老沈的事告诉了他。沈睿气不过,打电话给父亲,让父亲别待在村里了,赶紧回县城,免得把心都操碎了。

## 能人办事

"孩子，你说，特困申请实打实，该不该帮忙？咱家穷的时候，老贾还救济过咱们家一个南瓜呢！刘婶是脱贫户，帮她家申请一个就业名额，这个功我不敢领，那是第一书记段杰给联系的。沈伯的芒果销路难题，也是段书记多方联系解决的。我在村里承包山头绿化造林，段书记经常帮我出主意，跑树苗，村里人以为段书记是你派来的下属，办事都找我，不找他，搞得我哭笑不得，我已经解释很多次了，他们还不相信。"老沈电话里说道。

沈睿又说到乡亲们有求孩子上重点高中的，有醉驾求帮忙的，有买大房子借钱的，等等，他问道："爸，您招架得了吗？"

"孩子，哪些事能办，哪些事不能办，我自己心里有数。不拿别人一点好处，对得住良心，正正当当做事情，这样'办事'，不求尽如人意，但求无愧于心！"老沈说，"现在，乡村振兴政策好，我总得做些事吧！"

听到父亲这样说，沈睿悬着的心放下了。这么多年来，父亲一直没有变，既保持着为人厚道的热心肠，又秉持着勤劳、善良、正直、公道的品质，这些都无声地教育和影响着自己。

（陈谊军）

# 守　家

母亲给刘有余起名的时候，意即借"刘""留"谐音，希望他以后日子过得年年有余，守得住家，"留"得住好日子。

小时候，穷徒四壁的刘家，一扇旧木门其实就是装饰，有了它，好像家就像个家。就算真有小偷，打开门让他进来，也拿不走一样值钱的东西。所以，那时候，家是不用关门的，也是没有钥匙的。

穷人家的孩子早懂事，刘有余是光明村少有的几个读书人之一。他刚在城里工作时租屋住。说是租屋住，那老式房子的房东却对他们这些租客不放心，只给了各自房间的钥匙，没有给大门的钥匙。每次回来，遇到大门锁着的时候，就得给房东打电话，让她叫人前来开门，这似乎是报告房东："我回来了。"

让刘有余感到不可思议的是，每逢加班，过了晚上十二点，那房东和其他房客是断不会来开门的。他也不敢叫门,遇到这种情况,只能悻悻而回,在办公室的桌椅上对付一个晚上。

那时,刘有余特别想在城里有一个自己的家,能够出入自如,还能把母亲接来城里住。

同学郭玉良找到刘有余,说有办法让他的日子好起来,也不需要费多大的事,就是在他递交的一沓表格上,盖个印,通过审批。办下了证,就能拿到钱,而且,办一张表格所得的好处不少。

"这事轻轻松松,天知、地知,你知、我知。"郭玉良说,"我已经在其他地方做过了,绝对保险,没有一点事儿。你手上也有资源,不弄钱,可惜了!"

为了说服刘有余,郭玉良还说了班上的一些其他同学的名字。这些同学,在他的"帮助"下,都迅速上了"好日子"。

郭玉良扬了扬手中的名车钥匙和两把房子钥匙,像在告诉刘有余,他已经过上了富足有余的生活。

好几个夜晚,刘有余都无法入眠,梦里都有郭玉良抛向他的诱惑。

"我又不是第一个,为什么不呢?"可是,每当这样的念头跳出来的时候,刘有余都会想到小时候的一件事。

因为村里人穷,家家都没有关门的习惯。刘有余经过刘八叔家时,看到他家鸡窝里卧着一个鸡刚下的蛋,母亲贫血，好长时间没有吃过有营养的东西，他忐忑不安地把那个带着余温的鸡蛋揣进怀里。

当刘有余兴冲冲拿着鸡蛋回到家时，母亲却没有丝毫的高兴。母亲虽然贫血，身子弱，却坚定有力地对刘有余说了一番他永远不会忘记的话："我们再穷也要记得，不是自己的东西不能要，守得住心，才守得住手，才守得住家。"

刘有余把鸡蛋送回刘八叔家时，刘八叔把一篮子的鸡蛋都给了他，让他拿回家，说道："我刚想给你家送去，今天，你母亲帮我割了一天的稻谷，工钱给少了，这是补给她的。"

郭玉良打电话给刘有余时，刘有余婉言拒绝了。郭玉良不敢相信，说刘有余是"石头脑袋"。

几年过去，刘有余终于有了自己的家门钥匙，也结了婚，当了父亲，有了一个可爱的女儿。房子虽然不大，刘有余却感觉，正是这些年守住了底线，才守住了幸福。

住进新房子不久，刘有余听班上同学说，郭玉良把班上的几个同学都"坑"了。原来，郭玉良和他们里应外合，办了许多违规的证件，收了不少好处费，现在被查处了。

这"坑"，原来不就在自己面前吗？想起郭玉良扬起手中的名车钥匙和两把房子钥匙，想起郭玉良说自己有资

## 守　家

源不利用,"可惜了",刘有余此时更加深刻地体会到:母亲说得对,不是自己的东西不能要,守住了心,守住了家,才能守住稳稳的未来。

(陈谊军)

# 特别的朋友

唐老板三个星期内一共打了五次电话给县纪委监委第一纪检监察室主任老贺,表示一定要好好感谢他。唐老板说如果老贺有所顾忌,自己就把钱打到老卢的账户,由老卢安排一切。

老贺笑他请客都没点诚意,请客吃饭还要通过别人来安排。唐老板掏心掏肺地表忠心,只要老贺安排好时间,他就推掉一切业务,飞回桂城。其实,在唐老板第四次尝试邀请老贺后,老贺就在心里设计了一个方案,一个关乎20多人的方案,一个让唐老板"出出血"的方案。

老贺与唐老板先前并不认识,只是一个偶然的机会,彼此才见了一面,那一面还只是在微信视频里。那时候,老贺按照唐老板发的位置,先是跑高速,然后上国道,最后走村道,前后开了三个多小时的车,最终才到达唐老板讲的那个村庄。

村子有上千人,三百来户人家,新房老屋加起来不下五百座。这对老贺一个人生地不熟的陌生人来说,他是真的找不到那座没有特殊标志的房子。

没办法,老贺只好打电话给信访举报人唐老板。唐老板在微信的视频里,引导着老贺下河道上山坡左拐弯右串巷。老贺最终在一块开阔地带里找到了"目标"——村支部书记弟弟的"危改房":一栋崭新的三层楼房。唐老板的举报信里说的就是这栋楼房,举报信里说村支书的弟弟用一座关牛的老房子照片,申请到危改补助款2.8万元,然后再用已经建好的三层楼房的照片说是申请补助后建的新房。

事后,乡镇分管领导及相关工作人员、村支部书记都受到了相应的处分。唐老板说原本的想法是事不关己高高挂起的,他只是看不惯乡镇分管领导和村支部书记那帮人,帮助他人挤占真正贫困户的指标,套取国家的补助资金,他去县里有关部门举报,但是那些部门"门好进、脸好看、事不办",他气不过才向老贺举报的。只是他想不到,老贺只用了一个多月,就把相关人员全部"处理"了一遍,真是大快人心。

唐老板在电话里兴奋地跟老贺说:"你们让我见识了什么是纪检监察干部,什么是真正为老百姓着想的人民公仆,我代表烟竹水村村民,一定要好好感谢你们!"

老贺断然拒绝了,查处违规违纪违法的"蛀虫""苍蝇"和"硕鼠",本来就是他的职责所在。然而,唐老板并不死心,又多次打电话,且言辞诚恳,还表示绝对没有任何企图,他说:"贺组长,你不相信我,你还不相信老卢吗?你是老卢的好兄弟,我也是老卢的好兄弟啊!"

老贺也问过老卢,老卢说唐老板是真心实意地想请老贺吃个饭,而且唐老板的事业远在千里之外的大上海,他绝对没有任何"攀高枝"的企图。

唐老板第四次打电话来的时候,老贺正在他们机关联系的脱贫村对脱贫户进行跟踪帮扶工作。他跟驻村第一书记闲聊时,得知马上"六一"儿童节了,村学校有20多名学生的家庭相对困难,需要社会爱心人士的帮助……说者无心,听者有意,老贺决定接受唐老板的"宴请"。

5月30日早上,唐老板和老卢按照约定的地点,来到老贺指定的地方,一辆中巴已经等候在路边。当唐老板上了车,车上20多个胸前扎着鲜艳红领巾的小朋友齐刷刷地从座位上站起来,并向唐老板敬了个少先队礼:"谢谢唐叔叔!"

这真是出乎唐老板的意料。唐老板想不到老贺请了这么一群"特别的朋友",还有这么一个独特的欢迎仪式。小朋友在向他敬少先队礼并喊出那句"谢谢唐叔叔"的时候,他的心灵是那么受震撼。唐老板是见过大场面的,上百亿上千亿的大项目,几千人几万人的开工典礼现场他都

"莅临"过，那广阔恢弘的场面……那是一种程序上的需要，他都司空见惯了，波澜不惊了，没想到这20多个小朋友稚嫩的问候，却让他感动得想落泪。

唐老板回上海的前天晚上，老贺尽地主之谊，请唐老板吃了一只醋血鸭。唐老板啃着一只鸭腿，有感而发，他说他好久没做这么有意义的事情了，感谢老贺给他安排的这场"宴请"，他有个"小野心"——那20多个小朋友只要肯读书，他想一直供他们读到初中高中，直到大学毕业……唐老板笑着说真到了那一天，"军功章"上一半的功劳算老贺的。

老贺感谢了唐老板的好意，他说没想到他第一次"得好处"，竟然能让送好处的人这么感慨万千，真是让人意外。老贺把唐老板的意思告诉了驻村第一书记，让驻村第一书记跟唐老板做好对接工作。老贺跟唐老板说他没有时间去做这些具体工作了，他又接到新的工作任务，要全身心投入到工作当中去了……

（邓　焕）

# 公文包

结束调研工作的张局长回到单位后,提上她的公文包,准备下班。

"马上到马上到,小红难得回来一次,我怎么能缺席!"

张局长的发小小红从外省回来探亲,今晚叫上了几个要好的朋友聚一聚。

"老张,你是真忙,我从几百公里外回来都没迟到,你倒是让我们等了这么久。"发小调侃姗姗来迟的张局长。

张局长一边道歉一边坐下,顺手把公文包放在旁边的空椅子上,包上的"为政清廉取信于民,秉公用权赢得人心"两行字正对餐桌。

"老张,你是来吃饭的还是来调研的,聚会还拿着个公文包。"

"我就没见老张背过其他的包,上次五一假期我们两家人带小孩去春游,老张拿她的公文包装了各种吃的用的，简直像百宝箱。"

"既方便又顺手，还能装，去调研、出差的时候可比你们那些花里胡哨的包包好用多了。"张局长还拿起她的公文包给大家看了看，黑色的公文包经过日晒雨淋已经有点褪色了，但印刷在包上的两行字依旧醒目。

饭罢，散场，张局长回到家楼下，停车熄火后，不经意扫了一眼后视镜，看见后排的座位上好像放着一个盒子，转过头去仔细看，是一个包装精致的正方形盒子。

这不像是自己的东西呀。张局长疑惑地打开盒子，里面是一只包装别致的波点压纹皮革包包，小巧且优雅，一看就价格不菲。

此时，张局长的手机收到一条消息，是晚上一起聚会的李姐发来的："老张，送给你一个包包，我小孩入学的事就拜托你了。"

张局长这时才记起来，散场的时候，李姐说想搭个顺风车，一定是那时候，她将包包放在了自己的车后座上。

李姐是张局长的老同事，也是关系要好的朋友，李姐想让自己的小孩到县城的某小学就读，但是她家并不属于这个学区。为了这事，李姐跟张局长嘟囔了好几次。

李姐送的包包，柔软又有光泽，摸起来手感很好，而自己用了好几年的公文包包面已经沾上了不少污渍，提手也起了毛球，包身被重物坠拉得有点变形。一边是多年的情谊和精美的诱惑,一边是破旧的公文包。想到警示教育会上说到的典型案例、纪律"红线"和违纪"雷区",张局长手上的包包就像刚出锅的山芋一样"烫手",而公文包上的"为政清廉取信于民,秉公用权赢得人心"也变得越发醒目。

此时,张局长心中打定了主意……

翌日,派驻纪检监察组办公室里,张局长早已在等待。"组长,这个包,我就交到您这里了,等我那老同事来,麻烦您告诉她,她拜托的事,我给放包里了。"

纪检监察组组长打开包包,里面放着一张《城区中小学学位安排、提交材料及学区范围调整方案》的宣传单,纪检监察组组长瞬间明了。"好的,我明白,我会如实转告她的。"

"那我就放心了。"张局长又提着她的公文包准备到乡镇开展清廉学校推进工作。走出办公室,她回过头跟纪检监察组组长指了指自己手上这个用了好几年的公文包,笑着说道:"其实这个包才能'包治百病',提着它,安心,还百毒不侵。"

(黄　君)

# 调　研

"近期，我将抽出时间到各个乡镇调研，调研结束后，对工作落实不力的乡镇领导将给予严肃通报批评。"3月初，新到任的县委书记黄有为在首次班子扩大会上说道。

黄有为话音刚落，几条短信立即从会场飞了出去，远在一百多公里外的A、B、C三个乡镇主要领导的手机同时响起了信息来了的提示音。

"兄弟，黄书记下周或下下周可能到你镇上调研，能否再进步进步，就看你的表现了。"

"孩子他舅，黄书记这个月内可能到你乡上去调研，你和你媳妇能否解决两地分居的问题，这一次很关键。"

"老同学，黄书记近期可能到你那儿去调研，以前你不是一直想调到县直某单位吗？好好把握这次机会吧。"

A镇。

韦书记正盯着电脑上的股票走势图，绿油油的一片让他心烦意乱。看到短信里的信息，他精神振奋，感觉走势图上变成了红彤彤一片。

"小李,先把手头的工作停下,马上组织人员把镇政府各个角落的卫生都打扫一遍。"韦书记把电脑关掉,走出办公室,对正在服务大厅里忙着给群众办业务的李想吩咐道。

李想看着排着队的几个群众,请示镇党委书记:"书记,可以等下班的时候再组织人员打扫不?现在……"

"啪"的一声,韦书记悄悄地拉下了电闸,小李的电脑一片漆黑。

刚考上公务员的李想默默地起身,打铃。分散在镇上饭馆、家里、麻将馆里的镇干部纷纷聚到了镇政府大院内。

韦书记拿着个小喇叭,对还在等候办理业务的群众喊道:"各位乡亲,不好意思,停电了,你们明天再来吧。"

群众嘟嘟囔囔地走了。

韦书记吩咐李想关上镇政府大门。他站在台阶上,说:"同志们,请大家马上把各自工作区域卫生搞好。谁要是搞不好,年底绩效奖金直接列入最低等。"

B乡。

县里的短信像个报喜鸟一样将B乡陈书记从睡梦中唤醒。

陈书记看完,一个翻身,立马给乡政府办公室主任打

## 调 研

了个电话:"老李啊,你马上开车来县里接我回去。"

"书记,明后天就是周末了,您还要回乡里?"电话里老李怀疑自己的耳朵出了问题。

"马上过来!"陈书记说完就挂了电话。

陈书记前天回县里开会后,就一直留在城里的家里。乡上的干部早已习惯陈书记每个星期有一两天要留在县里开会,平时有紧急或重要的事情电话请示汇报。

陈书记马不停蹄地赶回乡里,连夜部署了迎接县委书记的接待方案,打算利用周末时间进行演练。

C乡。

刘书记看到县里给他发来的信息时已经是晚上十点,刚从村里调研回来,他打算发动群众在村里开办养殖合作社。

他给县里回了一条信息:"谢谢老同学关心,以前想走,那是因为太年轻、太浮躁,总想着在县领导眼前才能实现自己的价值。现在不同了,国家政策那么好,国家、集体的利益大于个人,我现在忙着带领群众一起发家致富呢。"

韦书记和陈书记度过了一个紧张却很"充实"的周末。

3月份接下来的每个工作日,他们都如坐针毡,在办公区域里来来回回巡查,生怕黄书记来调研时出了岔子。

4月中旬,黄有为在班子扩大会上突然通报,"经过我最近的调研,发现 A 镇、B 乡等一些乡镇的领导班子和个别干部'走读'严重,上班期间工作责任心不强,群众满意度不高,追求把面上的工作做好,缺乏实干精神,必须好好整治这些干部的工作作风"。

黄有为话音刚落,就有人小声嘀咕:"黄书记啥时候下去调研了?怎么一点消息都没有?"

声音虽小,但会场很安静,黄有为一字不差地听在了耳朵里。他严肃地说:"下去调研不是非要敲锣打鼓,不一定要在工作日,不一定要看材料,不一定要座谈,但必须要深入群众。我们在座的各位工作做得好与坏,只有群众才有发言权。一个群众说你不好,我可能会认为是该群众和某干部之间有误会,两个人说你不好,我可能还会将信将疑,但是遇到的群众 95% 以上的人都说你不好,我们的干部就应该好好反思了,我们的纪检监察机关也该好好查查了。"

在场的一些人觉得脸上燥热起来,不由得低下了头。

(韦凤美)

# 好朋友

最近，张良被提拔为县城建局局长。

张良的好友韦余光是县发改局副局长，两人无话不谈。

最近，张良发现，自从自己当上城建局局长后，韦余光对他的态度似乎有了微妙的变化。每次聊天，韦余光总是有意无意地说起旧城改造工作和相关项目的事，而这些项目城建局一清二楚。

周末，张良又像以往一样邀请韦余光一家到家里吃饭。韦余光一反常态地带了两瓶老酒，还有许多土特产。

张良看老朋友这么客气，很是过意不去地说："就是简单吃个饭，你这次干啥拿那么多东西过来？"张良知道，这两瓶老酒和这些干河鱼、土腊肉可不便宜，这么一大堆，得好几千块钱哩！况且，韦余光家目前还有两个孩子上学，一个上初中，一个上大学，家庭开支挺大的。

"这不是上次回老家，刚好遇到一个回家乡创业的表弟，他送的，我吃不完，顺便给你带点儿。"韦余光笑了笑说，眼神似乎有点儿闪躲。

第二天，张良刚到办公室，韦余光就带着一个秃头油亮、穿着白格花西服的中年男子进来。

"这是我那个回乡创业的表弟，你就叫他小曹好了。他的建筑公司实力很强，在外县承接过很多大工程，现在想回家乡作点贡献。"韦余光介绍道。

原来，这个曹老板是想要打造特色小镇的项目。

在仔细看过曹老板带来的计划书和其他相关材料后，张良直摇头："这个招投标得按规矩来，你们的材料不符合要求啊。"

眼看张良否定了自己的计划书，曹老板立刻从公文包里拿出一盒茶叶说："张局，这是我特地给您带的西湖龙井，这是见面礼，请您收下。依您看，这个计划书该怎么改？"

张良摆了摆手说："见面礼就不用了，我建议你们还是先认真调研后再重新作个计划，参与竞标。"

"好的，回去我就立刻落实，这个茶叶您一定得拿着，往后要劳烦您的事情还很多呢！"曹老板把茶叶往张良手里塞。

推搡间，茶叶盒盖子被掀开，里面厚厚一沓现金露了出来，双方顿时感到十分尴尬。

韦余光见状赶忙说:"老张,你就先收下嘛,材料的事他马上去办。"

张良惊讶不已,他万万没想到韦余光会带着工程老板来贿赂自己。

韦余光接着说:"老张,明说了吧,曹老板的堂哥可是市委组织部领导哩,你们局工程那么多,给他一两个又何妨?"

张良很为难,一边是感情深厚的发小,一边是市委组织部领导的亲戚,要是不帮点忙,以后怕是很多事都难做了。再者,韦余光说的确实在理,现在把指标给他,以后再严格监管工程质量,也不会出什么差错。

正犹豫间,张良看到自己办公桌上的警示教育材料,这是刚发下来的。想起那些党员领导干部一步步滑向腐败深渊的典型案例,张良不由得心惊胆战起来。

"请把你的'茶叶'收起来,要不我就喊纪检监察组的同志过来了!"张良义正辞严地对曹老板说,并告诫他要依规依法参加项目招投标,凭实力拿项目。

送走曹老板,张良把桌上的警示教育材料递给韦余光,语重心长地说:"这个材料你也认真学习一下。咱们是好朋友,你可不能把我往火坑里推呀!"

(滕春香)

# 金　鱼

老张喜欢金鱼，每天喂金鱼、看金鱼、画金鱼成了他最大的爱好。

儿子张富贵平时工作忙，没时间陪他。好在有金鱼可消遣，他倒也不寂寞。

最近，张富贵升任县城建局局长，来电贺喜的亲朋好友几乎把老张的电话打爆，老张自然十分高兴。

新官上任的张富贵更忙了，开会、出差、应酬，几天见不着一次面，还常常醉醺醺地回来，老张连跟他好好说说话的机会都没有。

这天，老张趁着儿子有空，正想和他好好谈谈，便有人敲门。

来人笑盈盈地提着茶叶、土鸡、土鸭和一些当季水果进来。

"张局呀，今天特地来跟您汇报旧城区风貌改造项目的进展情况。"来人将一堆礼品放到茶几上，随即拿出一盒精致的"大红袍"递给张富贵道:"这个茶叶提神益思,保健功能很好,特地带来给您尝尝,喝完了我再给您拿。"

张富贵接过茶叶看了看说:"哎呀,这么贵重的东西我怎么消受得起呢,你不用那么客气,好好把工程做好就行了!"说完,便要把茶叶盒推回去。

"张局这么辛苦,这盒茶小小意思,您不收下我过意不去。"盒子又推了回来。

两人互相客气了一番,茶叶盒最终还是被留了下来。

老张看着这一切,心里很不是滋味。来人刚走,他就拉起张富贵要说话,可敲门声又响了。

一个身穿花夹克的矮胖男手捧着一个装着四条银白色金鱼的鱼缸进来,这金鱼头上还有红斑。

热爱金鱼的老张从未见过这样绝美的鱼儿。自从夹克男将鱼缸放在茶几上,老张的眼睛就没离开过,直到客人起身向他打招呼道别,老张才反应过来。

夹克男走后,张富贵推了推老张,得意地问:"老爸,这鱼不错吧?"

老张点点头,说道:"好看!他这是在哪儿买的?怎么我以前没见过这个品种呢?"

看着父亲这么喜欢,张富贵甚是开心:"小县城哪能有这种货哦,这是极品金鱼宫廷鹅头红,又叫鸿运当头,上万元一条哩,而且还很难弄到!"

"啊?!"老张大吃一惊。

"我跟他说您喜欢养金鱼,他就托外地朋友帮买了!我天天加班加点为他们服务,没时间陪您老人家,就让这鱼来陪您吧。"张富贵说。

听完,老张顿感大事不妙,拍案而起:"富贵,你这是受贿!违纪呀!这东西你可收不得!你要走你前任局长的路吗?"

"他贪了几百万元,我这算什么呀,正常人情往来而已。"张富贵辩解道。

老张叹了口气,摇了摇头。他起身端来一缸自己养的金鱼,放在张富贵面前,抓起鱼料一点点地喂,然后又逐渐加量。这些金鱼经不起诱惑,不断地吃,不一会儿,就都撑死了。

"这些鱼啊,就是贪吃,控制不了自己,一点一点地积少成多,最后把自己撑死了都不知道!"老张语重心长地说。

张富贵明白父亲意有所指,顿时羞得满脸通红。他惭愧地说:"爸,我知道了,咱不能成为这贪吃的金鱼啊!"

(滕春香)

# "不合群"的村支书

大鱼村道路项目的施工场地，挖掘机、推土机、重型卡车来回穿梭。因近日阴雨连绵的天气延误了工期，工人们正加班加点忙碌着，场面热火朝天……

几天后道路竣工，施工方的王老板拿着项目验收材料到村委会签字盖章。

"张支书，这个项目已经竣工，王老板来办好手续就能去申请工程款了。"村委会韦文书向新上任的村支书口头汇报后，打算直接签字盖章。

"项目通过验收了吗？"张支书翻看项目验收材料后问道，其实他心里很清楚，该项目才竣工，还没到验收时限。

"道路是还没有验收，但是已经竣工了，看得见摸得着，签字盖章就行了。"韦文书不以为然，还在心里直犯嘀咕：这村支书刚上任就不在办公室待着向其他村干部了解情况，三天两头到村里闲逛，现在还管起事来不成？

"王老板,项目款申请还是得按照程序一步步来,我们会尽快组织验收。"张支书没有理会他,转向王老板说明情况。

"最近天气不好,不方便现场验收。"见张支书如此较真,村治保的覃主任劝解道,"老张,就给他签字盖章吧,项目情况我们早已在电话里沟通过了,放心吧……"

"那等天气转好,再组织人员现场验收,验收一通过马上签字盖章。"张支书不为所动。

"王老板负责我们村的很多项目,现在需要资金周转去启动其他项目,不然我们村的项目没办法按时完成……"原来大家想越过项目验收直接签字盖章,让王老板申请项目款,是担心大鱼村的其他项目不能按时推进,从而影响村干部的成绩。

村妇联李主席见大家没有达成一致意见,想打个圆场,便提议道:"要不先签字盖章,若日后验收不达标,再整改。"李主席话音刚落,在场的其他村干部除了张支书,都纷纷表示赞同。

"这个道路项目作为乡村振兴重点项目,与老百姓切身利益息息相关,我们必须严格按照程序走。"张支书严肃地说。

"道路建成通车,老百姓出行方便,这不就达标了吗?因为这点小事导致村里其他项目不能动工,这不是损害了群众利益吗？"面对张支书的"不合群"，韦文书略显无奈。

"心急吃不了热豆腐！验收不达标可以整改，但若是寒了老百姓的心，就很难再焐热了！"张支书拉高声调。气氛瞬间肃静了起来，大家低头不语。

过了一段时间，镇上和村委会组织施工方、验收人员到现场验收该项目，发现道路铺设长度并未达标。根据验收情况，施工方不能申请全额工程款。

张支书的"不合群"，避免了上万元的经济损失，这时村干部们才明白了他的良苦用心。原来，张支书刚上任时三天两头不在办公室，是跑到工地查看项目进展情况去了，他是在跟进项目的过程中发现了该道路铺设长度远远不及原先的计划。

不久之后，镇党委组织召开警示教育大会，向全镇村干部通报了某村村干部在没有组织实地验收的情况下就在工程验收材料上签字盖章，造成超额支付施工方工程款而被处分的典型案例。在场的大鱼村村干部们明白，若不是张支书的"不合群"，今天被通报的也许就是他们了。

（何全超　陈　华）

# 帮　忙

周末,县生态环境局局长李青正要出门去医院照看父亲,便有人敲门。

刚打开门,经营石材厂的老同学张山便将一大堆烟酒补品往里搬。李青知道,张山是无事不登三宝殿啊,不知道他又要整什么幺蛾子。

"老同学,我听说大伯生病了,特地来看望他老人家。"张山说着,又掏出一张银行卡来,"这卡里有五万块钱,你先拿着。大伯不是要做手术嘛,开销挺大的,这是我的一点心意。"

李青知道,张山的石材厂因环保设施不达标,存在废渣污染问题,目前正在停产整改当中。他连忙把卡推了回去,严肃地问:"工厂里的那些问题都整改好了吗?"

"正在整改呢。我刚接了个订单,人家货要得急,又要新款,这几天得连夜加工生产,你这边得帮我通融一下呀。"张山说,"等赚到钱了,一定按要求整改到位。现在

## 帮　忙

生意找上门了，其他部门都疏通了，就差老兄你这儿了！"

"整改不到位，是不能复工的，得讲规矩。"李青严肃地说。看着李青公事公办的样子，张山有点恼火，扔下东西就走了。

李青独自拿着那张卡愣神。父亲马上要动大手术，手术费一直没筹够，卡里的这笔钱，确实能帮上大忙啊。张山的石材厂，睁只眼闭只眼也就过去了，可这是违纪的呀！

李青一肚子心事来到医院。父亲看着他，叹了口气说："你工作那么忙，我给你拖后腿了。"

"爸，你别多想，我今天确实遇到点事。"除了银行卡，李青将张山的事跟父亲说了一遍。

父亲听了，语重心长地说："咱们必须得遵纪守法，绝不能因为他跟你是老同学而不讲原则。要帮，就帮他按要求整改，规范经营才能长久啊！"

从医院出来，李青就带上张山送的银行卡和礼物，到石材厂去找张山。张山的石材厂这时正干得热火朝天，之前要求整改的问题却丝毫未动。

李青叫上张山，径直走进张山的办公室，将银行卡和其他礼物都还给张山，并立即通知了执法队。张山的石材厂被强制停工，生意也泡汤了，他俩也就此闹掰。张山一遇到老同学、老朋友，都气愤地骂李青，说他不仗义、嫌钱少。可是骂归骂，生意还得做，他最终还是投入了一笔钱，对加工设备进行了升级改造，并通过了各项评估验收。

不久，李青到 A 市考察学习，无意中了解到 A 市某项目需要大量成品石材。李青想起张山厂里囤了很多找不到销路的石材，于是找到相关负责人了解情况，并向对方提供了张山石材厂的信息。张山石材厂大量囤积的石材产品全部售罄，还接了不少新的订单。

事后，张山得知真相，找到李青说："对不住啊，之前我对你那样，没想到你还能帮我忙！"说完又拿出一张银行卡，"这是十万块，别嫌少，先拿着，等俺赚了钱，再孝敬您。"

李青说："我帮你忙可不是为这个。你的工厂规范合法经营，才能长久赚钱啊。请你也帮我个忙，行不？"

张山使劲点了点头，笑了。

（滕春香）

# 迷途知返

就在半年前，勤奋肯干的刘青山被提拔重用，到某乡担任乡长。也就是在这里，他结识了很多"新朋友"。

隔三岔五与"新朋友"一起吃饭，让刘青山"大开眼界"。面对这些只有小学文凭却身家百万千万的老板们，刘青山渐渐迷失了自己，产生了抱怨命运不公的情绪，觉得自己堂堂一个研究生，混得还不如这些"小学生"……

受到众星捧月般待遇的刘青山逐渐从一个顾家男转型为一个"工作狂"。

中秋节临近，刘青山收到各种包装精致的月饼、水果等礼品，他怕过几天自己"业务"太忙，没空带妻儿回乡下跟父母一起共度佳节，便在百忙之中抽空回了趟老家给父母送月饼。

山路崎岖，车子一路颠簸。刚到家，刘青山就匆匆忙忙地往家里搬东西，一箱箱的高档月饼、水果礼盒很快把堂屋占满了。搬完，满头大汗的他才喘着大气对一脸惊愕的父母说道:"最近挺忙的,怕中秋没时间回来陪二老,就先把东西给你们送回来了。"说着,他就要上车往单位赶。

老两口心细,看着这些高档礼品不像儿子自己买的,一股强烈的不安涌上心头,固执地让他解释清楚再走。

刘青山拗不过父母的再三逼问,还是道出了这一车东西的由来。

"您二老放心,再过不久,我要把大马路修到我们家门口……"

"青山,你可不能官越做越大,路越跑越偏啊!"母亲生气地打断了侃侃而谈的刘青山。

"妈,我整整混了15年才混到正科,你知道这是为什么吗?这是因为我们家没钱没关系!我要出人头地就得抓住这次机会啊!"

"你可不要忘了,你是共产党员!不要拿着公家给你的权和钱做有损党和人民的事!我们虽穷,但心不能穷、不能黑!这些东西你快还回去!"父亲看着刘青山油盐不进的样子,拔高了声音,眼眶也随之湿润了。

这场不愉快的回家,以刘青山把搬来的礼品逐件搬回车里而告终。他就像叛逆的孩子,埋怨父母不理解、不支持他。

"铃铃铃……"手机铃声突兀地响起,瞥到屏幕上显示县纪委张副书记的名字，刘青山正开着车的手一抖，差点撞上围栏。所幸，张副书记只是让他为县纪委书记接下来的调研做好准备，他才松了一口气。

回到乡里，刘青山紧赶着安排工作后，思绪逐渐放空……

"刘青山，你非法收受他人财物，为他人谋取不正当利益，数额巨大，组织决定将你开除党籍、开除公职。"郑书记坐在对面严厉地说。

"没有，我没有，我只是收了一点节日礼品啊！"

惊慌地睁开眼，原来只是自己太累在办公室睡着做的梦。

"如果我再执迷不悟，说不定会噩梦成真呢！"

这时，他想起了白发的父母、美丽的妻子、年幼的儿子，还有那些曾经夸赞自己的领导、同事以及老百姓。

"人生路还很长，我要坚持做好自己，才是有价值的人生啊！"

回头要趁早。当天，他主动将礼品如数登记上交给该乡纪委。

（滕春香）

# 报　恩

午饭时间已过，刚入职不到一个月的蒋正还独自坐在乡政府办公室里，左手托着腮帮子，右手握着鼠标漫无目的地在电脑桌面上点击着，脑海中反复再现着昨天请家里亲戚吃饭时的场景。

"小正啊，好孩子，现在你毕业回来了，又在乡政府上班，我们可算是有依靠了！不容易啊，这么多年我们家总算是熬出头了！"饭桌上，蒋正的伯娘一边拉着他的手一边抹眼泪。

"伯娘您放心，我一定好好工作，不会给大家丢脸的。"蒋正红着眼眶说。

蒋正是个苦命的孩子，3岁时父亲意外去世，母亲不堪生活重负外出打工，小蒋正只能跟着奶奶生活，刚开始的几年母亲还寄点生活费回来，之后就杳无音信了。好在伯娘好心，生活上给了他很大照顾，后面又全力支持他上学，所以他打心底里感激伯娘。

## 报　恩

亲戚们酒足饭饱之后就散了，伯娘把正在收拾桌子的蒋正叫到厨房。

"小正啊，有点儿事……你看能不能帮帮忙？"

"伯娘，有什么您就吩咐！您啊，就拿我当您的亲儿子！"

"是这样，你也知道，我们家里也算不上富裕，奶奶上了岁数毛病多，打针吃药得花不少钱，你那不争气的堂哥还没结婚，到处都是用钱的地方，你在乡政府上班，跟乡领导、村干部肯定都熟，能不能……能不能给奶奶申请个低保，补贴一下家用？"

"这……以前我们家也申请过吧？村里怎么说？"

"他们说我们家劳动力多，不符合条件。"

"现在都是按政策办事的，我去说也没用啊！"

"什么按政策办事？你还记不记得隔壁县那个吴表哥，以前经常来走亲戚，跟你一起玩的那个，他小时候家里也穷得揭不开锅，靠吃亲戚们的'百家饭'长大，现在他出息可大了，在县民政局上班，上次一起喝结婚酒，喝多了说漏了嘴，他给自己家安排了两个吃低保的名额，原来那些帮衬过他的亲戚家也都安排了，大家都夸他是个知恩报恩的好孩子。"

"这……这可是严重违反规定的啊！他竟敢……"

"没那么严重，用他的话说，只要把关系疏通了，大家你帮我我帮你的，能有啥问题？"

"这……这个，伯娘，我……"

"小正啊，这么多年伯娘对你怎么样？就这么点事，别人能做我们怎么就不能……你……唉，算了……你确实觉得为难的话，就算了吧……唉……"

伯娘离去时发出的叹息声，像针一样扎进蒋正的心里。

铛……铛……政府办公楼旁边钟楼的响声惊醒了胡思乱想的蒋正，下午上班时间到了，半小时后要开干部职工大会，还得准备材料，忙活起来的蒋正只好将心事放在一边。

"同志们，刚刚我们学习了几个典型案例，希望大家警钟长鸣……最后，我有句话要送给今年入职的年轻同志，'公款姓公，一分一厘都不能乱花；公权为民，一丝一毫都不能私用'，希望你们扣好廉洁从政'第一粒扣子'，作忠诚干净担当的表率。"乡党委刘书记在会上说。

蒋正反复琢磨着刘书记的讲话，心里突然有了主意。

……

"伯娘，您上次交代的事我办好了，下个月开始奶奶就可以领低保金了。"

"是吗？那可太好了！我就知道我们家小正现在出息了！我去捉只鸡，好好庆祝一下！"

蒋正望着伯娘欢快的背影，咧嘴一笑。

"嬢嬢，又去街上买了这么多东西啊？蒋正中午要回来吃饭吧。"某个星期六的上午，村里的蒋副主任在路上遇到赶集回来的蒋伯娘。

"是啊，中午一起过来吃个便饭，还要感谢你们帮忙，帮我们家申请了低保！"

"算了，我中午还有事……您刚刚说什么？低保？什么低保？"

"我们家老奶奶的低保啊！"

"没有啊，我们屯就那几个低保，我数都数得出。"

"那账户上每个月多出来的300块钱……"

当天下午，伯娘又把蒋正叫到厨房。

"小正，你跟我说实话！我们家那个低保到底是怎么回事？村干部说我们家没有。那300块钱是不是你自己存进去的？"

"您都知道啦？"

"你这孩子啊！不知道该怎么说你，别人都说'有权不用，过期作废'，别人可以你怎么就……"

"伯娘，您看这个！"蒋正在手机屏幕上点了几下后，将手机递给伯娘。

"县民政局吴某因严重违纪违法被开除公职……吴某，这……这是你那……表哥？"

"心莫贪,昧心钱;嘴莫馋,酒肉宴;耳莫听,奉承言;手莫伸,乱用权;纪莫违,守清廉……"村里的大喇叭廉政宣传广播突然响起,一遍又一遍,两人安静地听着,都陷入了沉思。

(唐显才)

# 一盒茶叶

"这次项目中标,多亏了你帮忙,这盒茶叶是我的一点小心意,放在你车后备厢了,记得回到家后品尝一下。"乡村公路边的松树林里面,德标公司老板老刘和审计局项目审计股股长老王嘀咕着,两部车并排停在屯级公路上。

老刘和老王是无话不谈的发小,两人约好周末一起到大龙湾钓鱼。然而,冬天天冷,鱼儿在深水区,不咬饵,他们一无所获。

回到小区,老王把车停好,想到后备厢里的茶叶。打开后备厢,一盒包装精美的西湖龙井香茶映入眼帘。

"老婆,洗一下茶具,我要泡茶。"老王把那盒包装精美的茶叶放在茶几上。

"拿到稿费了?买那么贵的茶叶。"老婆瞄了一眼茶几上的茶叶,往厨房走去,她知道,老王喜欢写作,每次得稿费,总是喜欢买新茶来犒劳自己。

"不是,好久没写东西了,脑子生锈了,这是德标公司的老刘送给我的。"老王说着。

"里面该不会是一包钱吧。"老婆开玩笑地说。

听老婆这么一说,老王急忙打开茶叶包装盒。

"啪!"一捆百元大钞从包装盒里落到地上。老王迅速捡起地上的钞票,重新放到茶叶盒里面,然后快速走进书房,把茶叶盒放入书柜。

老婆从厨房走出来,看不到老王,便喊:"躲哪儿去了?不是要喝茶吗?"

"突然不想喝了。"老王在书房里面回应。

"那我买菜去了。"老婆说罢便出了门。

老婆走后,老王从书柜里取出那盒茶叶,打开盖子,数了数钞票,足足有10万元!

这个老刘怎么还搞这些名堂!老王心想:这个烫手山芋,搞不好自己会身败名裂,但他转念一想,如果不是自己在审计上班,帮老刘做些手脚,老刘的项目别想中标,这10万元不过是老刘获利的九牛一毛,再说了老家正好要盖新房,还真是雪中送炭啊!豁出去了,反正这件事没有第三个人知道。

老婆买菜回来准备煮饭,可厨房里的燃气炉打不着火,她便到书房找打火机。不一会儿,老婆从书房出来,拽起老王的衣领往书房走去,厉声问道:"哪来那么多私房钱!"

"你小点声!"老王挣脱老婆。

"这钱是见不得光的啰?"老婆变得小心翼翼。

老王沉默了。

"咱家穷是穷一点,但比上不足,比下有余,你这么做,是在害这个家,一旦案发,值得吗?亏你还做了这么多年干部,这笔账都不会算!"老婆呵斥老王。

"我也没想到老刘搞这出啊,现在钱都拿回来了,能怎么办?"老王为难地说。

"走,拿着钱,我们一起去找纪委说明情况。"老婆推着老王走向书房。

"嗯……"两人从书房出来,便驾车向纪委办公楼的方向驶去。

(农日吉)

# 挣 扎

老魏把自己关在办公室里，呆呆地坐着，双眼茫然地盯着桌面上一个鼓囊囊的资料袋。

资料袋里装的是一套详实完备的资料，和这套资料挤在一起的还有好几沓崭新的百元大钞。

距离老魏当上领导还不到两个月，这是他第一次面对这么丰厚的红包。这红包这么诱惑、这么真实，就在触手可及的地方，与他静静地对峙。

此时老魏的脑海里，还在反复回放着一个小时前在办公室里发生的情景。

那个矮胖的郑老板笑眯眯地对他说："您放心，我们一定保证工程质量，我对天发誓绝对保证！这是我们拟好的具体方案，您帮我们把把关，好吗？"说完，郑老板意味深长地拍拍那个资料袋，将它推到他面前，就走了。

老魏慢慢地把手伸向那个资料袋，刚触碰到的那一瞬间，仿佛被针扎到一般，迅速地把手缩了回去。

挣　扎

过了片刻他又伸出手，把手掌轻轻压在资料袋上，仿佛感受到了袋子里那些钞票所散发出来的融融暖意。然后他慢慢地拿起这个沉甸甸的资料袋，起身塞进自己身后的书柜里。

刚坐下觉得不妥，又从书柜里拿出资料袋，小心翼翼地把它放进办公桌的抽屉里，还上了锁。坐在靠背椅上，老魏感觉有点心绪不宁，便又把资料袋从抽屉里拿出来，放在办公桌上，用一沓厚厚的报纸和书刊把它压在下面，还特意整理了一番，使它看起来和这些报纸、书刊浑然融为一体。

捣鼓到将近晚上7点，老魏才从办公室里出来，认真地锁好门，一个人走在空荡荡的走廊里，皮鞋敲击地板发出的噔噔声，直钻进他的心底深处，让他莫名其妙地感觉瘆得慌。

出了单位，仰望逐渐暗淡的天空，一时之间竟没有回家的底气。

于是，他信步在街上走着，不知不觉就来到了河堤。

河堤上，有许多垂钓者正在占地打窝。他看着这些兴致勃勃的钓者拌料、装饵、甩竿，然后静候鱼儿上钩。

忽然，有个钓者面前的浮标猛地往下一沉，同时一个清脆的声音响起："有鱼上钩了！"

很显然，这是一个钓鱼的老手，只见这个钓者不疾不徐地把鱼竿拿起来，开始张弛有度地摆动，无论这条鱼在水里怎样折腾，却怎么也挣不脱这根坚韧的钓线，甩不开那锋利的鱼钩。最终，这条精疲力竭的大鲤鱼被顺利地扯到岸边，装进了钓者的鱼桶里。

在旁边看热闹的行人议论纷纷，都羡慕这个钓者手气不错。也有人忍不住好奇地问道："他怎么这么厉害啊？"

旁边的一个中年人饶有兴趣地为大家揭晓了谜底："这是因为啊，这个钓者能够和得一手好鱼饵，经他调制出来的鱼饵美味异常，连人闻到都垂涎欲滴，更莫讲水里的鱼儿了。所以呀，当美味的鱼饵包裹在锋利的钓钩上，再聪明狡猾的鱼儿，都会忍不住去吞食鱼饵而乖乖地上钩啦！"

老魏好奇地凑近，看到这条大鲤鱼在逼仄的鱼桶里徒劳地翻腾着身子，它一张一翕的嘴角边，新鲜显眼的伤口仍清晰可见，不断渗出的血丝让他感觉触目惊心，始终圆睁着的鱼眼散发着灰蒙蒙的神色，似乎流露出无尽的懊悔与痛苦。

凝望着圆睁的鱼眼，刹那间老魏好像在鱼眼深处看见了自己萧索无助的身影，以及那份狼狈不堪的悔恨。老魏愣住了。

挤出人群，老魏出神地望着奔腾不息滚滚向前的河水，脑海里却满是那条大鲤鱼徒劳挣扎的身影。

挣　扎

　　大鲤鱼一直在他的脑海里挣扎，不断地挣扎着，忽然，这条大鲤鱼跃出鱼桶向他扑来，然后和他的身体融为一体，最后也不知道挣扎的是大鲤鱼，还是自己……

　　片刻后，只见老魏甩了甩手，一边拨通了纪委书记的电话，一边迈开步子坚定地朝家的方向走去。

　　他的前方，是繁星点点般温馨又温暖的万家灯火。

（罗念初　尹楚皓）

# 竹　鞭

余泽成的办公桌从不摆花草，更不摆装饰品，只有一台电脑、一台打印机、一摞文件夹和一根被盘出"包浆"的竹鞭。竹鞭长约一尺五，头节比大拇指还粗，然后一节一节细下去，末端已断，平放在电脑显示器前。

从外县调到灵河县履新的第三天就有同事开玩笑说："余书记，您备竹鞭是要像教育家里面的小孩一样，鞭策那些不作为、慢作为、乱作为的干部吗？"听到这儿，余泽成笑笑，不说话，拿起竹鞭轻轻抚摸。

这样一来，同事们对这根竹鞭就更加好奇了，私底下猜测余泽成的用意：竹鞭都"包浆"了，他肯定是喜欢文玩；睹物思人，送这根竹鞭的人对他肯定非常重要；他当了8年教师，肯定用这根竹鞭教育了很多学生，拿在身边怀念做老师的时光……这些猜测星星点点传进余泽成的耳朵，他还是笑笑，不说话，拿起竹鞭轻轻抚摸。

一天，有人到余泽成办公室谈事情，来人进去后就轻

## 竹　鞭

轻地将办公室门带上，坐定后就开始自我介绍，然后从公文包里掏出了一个又大又鼓的信封。看着来人的表现，余泽成猜到了他的来意，他笑了笑又拿起竹鞭轻轻抚摸，然后回忆道："上初中的时候，非常流行便携式录音机，我做梦都想要一部，但是家里比较困难，父亲一直没舍得给我买。有一次，路过镇上一家贩卖家电的商店，我看见老板一个人非常忙，于是悄悄地在柜台上拿了一部便携式录音机回家。第二天，我偷东西的事情就被父亲发现了，父亲气得脸都紫了，拿起竹鞭就狠狠地抽了我十鞭，虽然每抽一下身上都会留下一条血痕，但是我忍着一直没哭。抽完后，父亲带着我到镇上把便携式录音机的钱给付了，看着他不停地给商店老板鞠躬道歉，我的眼泪再也控制不住了。回家的路上，父亲告诉我'做人不能贪心，不是你的东西就不要乱拿，否则一辈子都抬不起头'。参加工作后，我请父亲帮我制作了一根竹鞭带在身边，就是为了时刻警醒自己。"

听完，来人心里明白了，只好红着脸把信封收回公文包。

这件事后，关于余书记竹鞭的故事就传开了。

（刘祖兴）

# "变质"的腊肉

"支书,有人占了我的地!你来给我评评理,我要申请重新测量面积!"一大早,张大姐的声音就将村委会的平静打破了。原来是张大姐与陆大哥家因为一块荒废已久的田地吵了起来。

陈支书听到张大姐响亮的声音后,赶紧走了出来,"你和我说说具体情况。"

"这田地原来是我们两家共有的,约定他家占0.4亩,我家占0.3亩,现在他开始在这块地上种菜了,占用到我家的土地了,我要让你们重新测量土地的面积,把他多占的土地还给我。"张大姐气愤地说。

"好的,明天我带上两位村干部,一起去测量一下。"了解情况后,陈支书对张大姐说。

……

第二天,陈支书与村干部小杨、小李如约而至,在张大姐、陆大哥都在场的情况下,对两家的土地面积进行了

## "变质"的腊肉

测量,张大姐气鼓鼓地叉着腰等待着测量结果。

小杨和小李按照双方划定的界线,很快完成了土地的测量。

计算结果一出来,让张大姐出乎意料,陆大哥家的地是 0.3 亩,自家那块地却是 0.4 亩,事实竟然是她多占了陆大哥家的地。

"怎么会这样,你们测得不准,我要重新测量!"张大姐不敢相信。

"张大姐,你这样就有点无理取闹了,这么测量是经过你们双方同意和见证的,结果你要接受啊。"村干部小杨对她说。

"好了,结果就是这样了,张大姐你还要把多占的土地让出来。明天你们都到村委会一趟,签一个调解协议,这件事就这么结束了。"陈支书对他们说。

这天晚上,陈支书刚回到家里,妻子就对他说:"你赶紧看看这个袋子。"

茶几上摆着个大大的红色袋子,他打开一看,发现里面装着两条大大的腊肉,还有一个厚厚的红包。

这时手机上还收到一条张大姐发来的短信:"支书,这是我家刚腌好的腊肉,送给你尝尝,地的事情还要多麻烦你啊!"

"关键时刻你可别犯糊涂呀。"妻子看到后对他说。

"知道了,明天你帮我处理一下吧。"

……

第三天上午,陈支书的妻子带着腊肉和红包出现在了张大姐家门口。

她同张大姐说:"老陈让我和你说,你的好意我们心领了,但是这腊肉好像有些'变质'了,他让我拿回来给你,看看还有没有别的地方也'变质'了?还有呀,下午记得到村委会一趟。"然后便将袋子原封不动地还了回去。

下午,在村委会,陈支书对张大姐说:"我是咱们村的支部书记,我要清正廉洁,才能得到大家的信任,你这种行为呀,我们是最反对的。地的事情,该怎么办还怎么办,腊肉'变质'了还好办,咱们的心啊可不能'变质'了!"张大姐听后,羞愧地低下了头,在协议上签上了自己的名字、捺下了手印。

一段时间后,村里常常有人说:"咱们村呀有个好书记!"

(薛 珊)

# 新人报到请多关照

"家里的 wifi 还不如医院的信号好,视频都卡成照片了。"王小虎躺在床上一边单手刷着手机,一边不停地抱怨着。

房门"吱呀"一声被推开了,是小姨和姨夫来探望他了。看着他打着绷带的右手,小姨心疼地说:"你这孩子脑子是不是少根筋?看到小偷你吼一声吓跑他就行了,怎么还跑去追呢?人家可是藏着刀呢!这次是运气好,只划伤了手,万一被捅到要害处,可怎么办?"

眼看着小姨的眼泪快要掉下来了,姨夫连忙岔过话说:"瞧你说的,小虎这是见义勇为。我看小虎满腔热血,身体素质又好,是个当警察的料,最近公安局正在招辅警,不如让他去试试。"

王小虎从小就想当警察,一听这话来了精神:"招辅警吗?太好了,等我拆了绷带立马去报名。"

一个月后,王小虎如愿当上了辅警,被分到干警老张带领的行动小组里。看着老张一脸严肃的样子，王小虎有点紧张，上前打招呼道："张警官您好，我是王小虎，新人报到，请多关照。"老张瞥了他一眼说："小伙子看着挺精神，以后跟着我就行，多做事少说话，机灵点。"王小虎应声点头。

王小虎上班第二天就接到了一项外勤任务——跟行动小组去抓赌。在一家偏僻的棋牌室里，七八个赌客正在热火朝天地摇着骰子，吵吵嚷嚷地喊下注，桌上摆着一堆红红绿绿的钞票，估摸着得有几万块。

"不准动！我们是警察，都把手举起来，转身靠墙蹲下。"老张进门就厉声喝道。看到从天而降的警察，参赌的人都吓愣了，按指令转身蹲下。

王小虎正准备清点现场拍照存档，突然，"啪"的一声，房间的灯熄了，周围一片漆黑，只听到几声窸窸窣窣的响动。王小虎想去看看电源开关，灯又突然亮了，再回过头看赌桌，之前摆在上面的钞票数量明显少了大半。

王小虎脱口而出："钱呢？"老张抬手拍了一下王小虎的后脑勺说："钱不是在桌上吗？你眼瞎了？"王小虎还想再开口，老张拉了拉他身上的风衣，推搡着把他挤出了门外。

处理这起赌博案件的时候，因为现场只查获了几千元现金，赌资不算特别巨大，参赌的人被处以十天拘留并缴纳罚金，没人提出异议，案件就这么结了。

王小虎始终想不明白，他们进门的时候可不止这点赌资，清点现场时没找到，送参赌人员进看守所时也没发现，那钱去哪儿了呢？

王小虎坚信自己当时没看错，跑去问老张，老张不吭声。他就去请教所长，这一请教不要紧，没过两天县纪委监委驻县公安局纪检监察组就来找王小虎谈了话，让他把行动当天的详细经过描述了一遍。接着老张的位置就空了，听说是被请去"喝茶"了。

在王小虎脑子还没转过弯的时候，老张正在默默地写着材料，心里狠狠地骂道："那小子说让我多多关照，我倒先被他关照进这里来了……"

（银兰娟）

# 行　头

张局长刚参加工作的时候是一名基层干部,兢兢业业,埋头苦干,一身迷彩服、一双解放鞋、一顶草帽是他的日常"行头"。他出没在田间地头,哪里有困难,哪里就有他的身影,整天灰头土脸,乡亲们都亲切地叫他"万能张"。

由于工作积极肯干,表现突出,没多久,"万能张"就变成了"张副乡长"。

张副乡长心系百姓,分管的工作都完成得很出色,所包村的基础设施得到了很大的提升。抗洪救灾那年,他一直身处第一线,还是那身迷彩服,那双解放鞋,身上橘黄色的救生服温暖而明亮,为受灾群众带来了曙光。小麦色的脸庞挂着汗水,眼底满是关怀。"水不退人不退!"水退下的那一天,他也病倒了。人们到医院来看望,看着他苍白的脸庞,心疼地唤他为"傻子张"。

因为工作出色,群众基础扎实,张副乡长步步高升,

## 行　头

现如今成了"张局长"。

一丝不苟的头发，熨烫整齐的衬衫下藏着一个圆鼓鼓的肚子，锃亮的皮鞋一尘不染，张局长在镜子前面看了又看，自言自语道："这身'行头'才像手握重权的张局长嘛。"

张局长有了这身新标配，与一堆穿金戴银的老板们在一起时感觉般配了很多。

"张局长，好久不见！"

"王老板，别来无恙啊。"

"张局，我们也是老相识了，您赏个脸，明天周末，我请您到我新开的茶庄喝个茶。"

"王老板，可别醉翁之意不在酒。"

"张局，您是海量，什么酒都醉不倒您。"

翌日，某茶庄。

酒过三巡，红晕悄悄地爬上了脸颊，张局长眼皮子重如山，慢慢地眯成了缝，趴在了桌子上。头发因为发胶的缘故一丝不苟，后背浸透，两袖沾了些酒水和油渍。此刻的他像一座倒下的大山，紧贴着桌子不放，生怕一不小心就跌入万丈深渊。

"张局长请醒醒，我们是县纪委监委的同志，请你跟我们走一趟，配合组织调查。"

……

庭审现场，花白的头发，满面愁容，眼底满是悔恨和不甘。手腕上明晃晃的手铐格外刺眼，脚下的镣铐很是笨重。

那个曾经"呼风唤雨"的张局长最终变成了阶下囚，明晃晃的手铐成了张局长的新"行头"，此刻的他多么希望时光能够倒流，回到那个一身迷彩装"行头"，心中只装有群众的"万能张""傻子张"。

悔恨的泪水断了线，他想吼叫，想挣扎，喉咙里却发不出一丁点声音。

……

"老张醒醒，做什么噩梦了？"爱人叫醒了睡梦中的张局长。

"老婆，我以前在乡镇经常穿的那套迷彩服'行头'还在吗？"

"压在衣柜底呢。"

"帮我洗洗，以后我要重新穿起这身衣服。"

"你回城当局长后就没再穿过……是哪根筋不对了？"爱人嘟哝着去翻衣柜了。

张局长并没有回应，拿起县纪委监委赠送的新书《忏悔录》继续看了起来。

（覃　玲）

# 别样的礼物

一天傍晚,李林刚下班回到家,媳妇就问:"老李,听说你们局长的老娘生病住院了,你今天有没有去医院?"

李林很干脆:"去过了。"

媳妇问:"那你送的什么礼物?"

李林答道:"送的是我自己画的一幅画。"

媳妇疑惑不解:"人家去看望病人,都是送贵重礼品什么的,你怎么送画了?"

李林神神秘秘:"这你就不知道了,画里自有乾坤在,说不定局长还会感谢我呢。"

媳妇愤愤地说:"你又不是大师,你的画有什么价值?你就抽风吧!"

局长老娘得重感冒住院已经有一个多月了,局里上上下下陆续去医院看望她。老娘在医院里住得很惬意,众星捧月一般,病好得差不多了也不肯出院。局长生怕影响不好,但他又是个大孝子,对老娘千依百顺,为此他很是烦恼。

局长忙完工作后去医院看望老娘。老娘对他讲："今天有个人很奇怪，来医院看我送了一幅画，画又不能当饭吃，有什么用啊？"局长展开那幅画看了又看，笑着对老娘说："这件礼物才是最合时宜的。"

老娘很是好奇，认真端详起画来，只见一位穿着古装的布衣老太太，一只手里提着一个陶罐，里面装着几条鱼，另一只手指着一位跪在他面前身穿官服的成年男子，仿佛在训斥男子，那男子毕恭毕敬地听老太太的教诲。老娘问："这画的啥啊！还成了宝贝啦，难道是哪位大师的大作？"

局长解释说："这幅画画的是陶母拒鱼的故事。"老娘满脸疑问："陶母拒鱼？没听说过，说来听听。"

"陶侃是东晋名将，年轻时做过管理渔梁的小官，一天他用瓦罐装满腌鱼，派人送到家里孝敬母亲。陶母将鱼封好交还给送鱼的人，并回信责备陶侃：'你当小官，就把公家的东西拿来送给我，这不但对我没有好处，反而增加我的忧虑。'"

老娘听罢，笑着说："这个陶母可真有意思，不就是一罐子腌鱼吗？为何不收呢！"

局长说："娘，陶母不收鱼，是怕陶侃将来贪污受贿，拿公家更多的钱物孝敬她，走上不归路。因陶侃清廉自守、政绩突出,陆续担任刺史、征西大将军,去世后被朝廷封为大司马,陶侃能有如此成就,与陶母的言传身教分不开。"

听完局长的解释,老娘笑着说:"我明白了,还是陶母觉悟高啊。今天我就出院!"老娘出院后,局长让妻子把送来的礼物列成明细,折算成钱一一退还回去。

退礼时,唯独李林送的画没退,局长解释:"李林的礼物太贵重了,一时半会儿还不起,我得时刻对照自警自省!"

不久,局长通过组织考察被任命为副县长。从此,这位副县长的办公室显眼处一直悬挂着这幅画。

(段俊杰)

# "众　筹"

儿子婚期在即，新房的装修因为身患尿毒症的妻子病情加重而被耽搁，现在好不容易等来合适的肾源，自己却凑不够移植手术的费用……王明科最近真的心力交瘁。

虽贵为一局之长，王明科却整天为钱发愁，坐在办公桌前，他时不时地就陷入恍惚的状态。

"笃笃笃……"

"王局，想什么出神呢！"王明科抬头，看见办公室门外站着一个西装革履的男人，手里提着一个大大的公文包。

最近，让王明科为难的除了钱，还有眼前这个人——县某建筑公司老总、某领导的亲戚李瑞。李瑞投标了县里一个保障性安置房建设项目，因为不符合规定，项目审批在局里被卡了壳，来了两次想请王明科帮忙协调，都被王明科搪塞过去，因为是某领导的亲戚，王明科也不好直接拒绝，驳他面子。

## "众筹"

还没来得及开口说话,王明科手边的电话就响了。

"您好,这里是××人民医院,您是王明科吗?您妻子的住院费用已经欠费,请您在今天之内缴清,确保肾移植手术顺利进行……"

"好,我已经在想办法了,今天肯定能把钱凑齐。"王明科露出难色。

"看来王局最近不太宽裕?"李瑞讳莫如深地说道。

"家里出了点事。"王明科整理心情,"来,请坐!今天来有什么事吗?"

"还是安置房项目审批的问题,要不您通融通融?"李瑞开门见山地说出了此次前来的目的。

"项目审批是大事,必须经过严格审查,不通过说明部分环节有问题,贵公司还要继续整改。"王明科面露难色。

"这事儿就好比'众筹'!这个环节您筹一点,其他环节我自能筹到,不劳您费心呢。"李瑞打断王明科,"您的事,我最清楚,嫂子的身体一直不好,常年需要做透析,孩子结婚也是大事!只要我们能合作,这些都是小事,东西我就先放这儿,您好好考虑考虑,决定好了就联系我。"说完,李瑞从包里掏出一个信封放到王明科的办公桌上,转身便走了出去。

李瑞离开后,王明科打开信封,里面放着一张银行卡和一张小纸条，纸条上写着：卡里有20万，密码666666。盯着手中的纸条，王明科的内心起了波澜，妻子的移植手术迫在眉睫，医院频频打来催款电话，儿子新房装修更是压得他喘不过气来，可自己清清白白从政了二十多年，从未在不义之财上动过歪心思。

思考良久，王明科拨通了一个电话……

五个月后，妻子的移植手术顺利，成功度过了排异期，儿子新房装修完毕，婚礼如期而至，而由李瑞公司负责的安置房项目也顺利通过审核，即将开工。

"叮……"王明科的手机收到一条微信提醒：李瑞邀请您加入"众筹"群，一头雾水的王明科点了进去。

这时群里发布出几条信息公告：

"筹一：荷花苑小区建设项目资质审核。"

"筹二：某高速公路项目建设款项拨付。"

"筹三：某老旧小区改造招标工程。"

"筹四：某标准厂房项目建设规划审批。"

……

不多时，公告就被一些群成员标记为已完成。

王明科好奇，点开群成员发现，不少自己朋友圈的"熟人"一一在列，他们或是商人或是干部。王明科如同窥见了天大的秘密一样，莫名地开始紧张。

渐渐地，王明科愈发不安，他发现微信群不仅是一个信息交流平台，群成员相互成就，各取所需。"筹"字的背后，犹如一张庞大而隐秘的利益暗网，那一条条"筹一""筹二"字后附送的信息如同一件件商品，正待价而沽。这张暗网之下，那些商人打着帮忙的旗号，送出巨额的"众筹费用"。

王明科很想退出，却发觉已被暗网套住，越挣扎束得越紧，难以脱身。

这天，儿子的婚礼刚刚结束，王明科和妻子刚送走最后一拨客人，纪委监委的同志突然出现，王明科正准备上前交涉，来人已经走到他面前："我们是县纪委监委的工作人员，王明科你涉嫌严重违纪违法，请协助我们调查。"

"叮铃铃……"

突然，一声刺耳的铃声响起，王明科猛地被惊醒。

"爸，钱的事您不用着急了，房子我已经卖了，明天就能拿到钱！妈有救了。"

"幸好幸好……可是你结婚怎么办？"王明科抹了把额头的汗，呢喃道。

"我跟梦颜商量好了，结婚的事往后推一推，等我妈好了，咱们一家开开心心、热热闹闹地办一场！"

"笃笃笃……"

儿子的电话被敲门声打断，王明科抬头一看，西装革履的李瑞提着一个文件袋正走进来。

王明科急忙挂断电话,一个箭步上前把信封塞给李瑞,将他推出办公室,并坚决而有力地关上了门。

(罗利峰)

# 粽　香

又到粽叶飘香时。仲夏之交，伴着粽叶的清香，端午节应时而来。

"老陆，过两天就是端午节了，昨天买了点糯米和粽叶，我们包点粽子吧。"妻子说着转身去橱柜里拿材料。

"好呀，我来洗叶子。"老陆边说边挽起了袖子。

叮咚——叮咚——

"爸爸，是黄伯伯。"

"老哥呀，许久没来我这串门了，最近忙什么呢。"

"瞎忙，瞎忙。这不空了就过来看看你们嘛。"说着把手上的大礼盒放到了茶几上，"这是给妞妞带的小礼物。"

"你说你，来就来了，还带什么礼物呀，她一个小孩子什么都不缺的。"老陆招呼着老黄坐下。

"来，先喝点茶水，我去做饭，一会儿留下来吃个便饭哈。"妻子端来茶水，顺手把老黄带来的两个大礼盒拎到了旁边。

"老黄,最近生意怎么样,都还顺利吧?"

"还好,还好,一切都还顺利。"

……

一阵寒暄之后,老黄开始进入"正题"了。

"老弟,你现在不是在纪委工作吗,想让你帮忙了解点事情。"

妻子听到这个,便心生警惕。边在厨房里忙着手上的活儿边仔细听他们在聊什么。

"是呀,怎么了?"老陆还没意识到端倪,随口便接话了。

"额……这不是有个亲戚被你们立案调查了嘛,想着问问你他这个案子办得怎么样了,会不会丢饭碗坐牢?"

"老哥,这个我不能说。"老陆放下茶杯说。

"你看,又没外人在,天知、地知、你知、我知。"

"他这个案子……"

老陆正要开口,叮——叮——,手机微信就弹出一条信息:老陆,老黄给妞妞的礼物里夹带了个信封,我看了有一笔钱呢,而且礼物也挺贵的,我们不能要,一会儿都退回去吧,还有,别忘了你们的"十个严禁"。

老陆恍然大悟,妻子的这一句提醒,把他从违纪边缘拉了回来。

"对不起了,老哥,没人知道也不行,我们有规定,

## 粽 香

不能泄露案件办理情况。"

"即使是自家亲戚也不行吗?"老黄还试图"挽救"僵局。

"是的,老哥,对不住了。"老陆坚定地回答。

"好吧,我理解,那我就不打扰了,先回去了。"老黄一脸沮丧。

"对了老哥,这礼物太贵重了,我们不能收,您还是把东西拿回去。"

"你这就太见外了,我给侄女买礼物,又不是给你的。"

"无功不受禄,老哥,我们真的不能收。"

"老陆啊老陆,你真的是越老越古板了。"老黄摇摇头,提着他带来的礼物头也不回地走了。

刚送走老黄,老陆的手机弹出了一条廉洁短信:"悠悠粽叶香,浓浓端午情,节日很美好,纪律不要忘,心中有'红线',廉洁过端午。"

"俗话说,'不受曰廉,不污曰洁'。感谢老婆的及时提醒,不然我就可能违纪了。"老陆挠着头不好意思地说。

"我们继续包粽子吧。"妻子端出泡好的糯米。

"你看这粽子,衣青似碧,身洁如玉,不就是在告诉我们公职人员要像粽子一样的清正廉洁吗?"

"嗯嗯,我看你倒是挺像个'粽子'的。"一家人哈哈大笑起来。

"哇,好香的粽子呀,爸爸妈妈,我给你们唱首学校新教的歌谣《粽子歌》吧。"

"好呀。"

"有棱有角,有心有肝。一身洁白,半世熬煎。豆沙甜,糯米香,清正廉洁挂心上,处处端阳处处祥……"

(郑秋园)

# 退　钱

老陆从屯南村支部书记的位置上退下来也有两三年时间了,但退休不"褪色",他还是一如既往地热心参与村里的集体事务,修路、建文化舞台、搞便民菜市场等,都有他在一线出工出力的身影。

不过,最近一段时间老陆好像有点心事,连续几天走访村民时,总要悄声问一句:"那天我拜访你家的时候,你是不是放了个信封到我包里面?"说话的同时指着跟了他20多年已然破旧不堪的公文包。

原来,前几天老陆在整理公文包时,发现竟然平白无故多出了一个信封,里面装着2000块钱现金。他怎么想都想不明白这钱的来路。

"那平坡老五、那陈坡老十三要建新房,找我帮忙申请危房改造补助,难道是他们给的钱?"老陆想了想,又觉得不应该,他已经答应帮他们申请补助,而且也讲明,只要符合条件都可以申请,不需要任何报酬。

老陆还回想了很多人和事，比如曾帮助那务坡阿十申请了大学扶贫资助，曾帮助库头坡8户群众申请了产业奖补资金……但这些都当面问过了，都不是他们送的钱。

思来想去没有结果，问来问去没有答案。

……

村里要修建一条新的公路，通往最偏远的库尾坡，但政府投入资金有缺口。作为老书记，老陆主动请缨，他连续一个多月时间挨家挨户上门做群众思想工作，动员村民们筹资筹劳。在入户开展工作时还不忘退钱的事情，见人就问，逢人就提，想方设法把钱退回去，但始终没成功。

钱没退成，修路的事情却特别顺利。村民们有钱的出钱、有力的出力，筹集到的钱足以填补资金缺口，报名参与施工的群众也非常多。原来，老陆退钱的诚恳举动，还有认真负责、任劳任怨的工作作风，村民看在眼里、暖在心里，真真切切受到感动，大家都想尽力帮他一把，也愿意尽己所能为乡村建设出一份力。

修路的事情让老陆很高兴，但手上的2000块钱仍然让他坐立不安。正当他打算把钱拿去镇纪委上交时，在外打工的女儿回来了，一进门就问："爸爸，我给你钱让你买些新衣服，你怎么还是穿得那么破旧？"

见老陆一头雾水，女儿解释道："我知道当面给你钱你肯定不收，所以我装信封留给你，还写有纸条留言呢。"

说着便指着那个公文包。父女连忙找了起来,在包的夹层还真找到了一张纸条。原来老陆从信封拿钱出来时纸条掉了出来,不偏不倚刚好掉到了不易察觉的夹层当中。

"嘿!瞧我这粗心劲,纸条怎么就没看到呢?"老陆一面挠着头,一面冲着女儿傻笑:"女儿,我有养老金,钱够用就好,这钱还给你!"

(梁沛亮)

# 镜子里的人

"哎哟！"一个趔趄，老方差点被路面上的一颗小石头绊倒。他加快了步伐往家赶，好像身后有人尾随似的。

"哎！老方下班啦？"刚好下到楼底扔垃圾的邻居刘大爷诧异地说道，"今天可比往日都早。"

"嗯……嗯嗯。"老方答得飞快，疾步走入电梯。

老方最近确实心神不宁，总是一副惴惴不安的样子。他惧怕镜子，甚至一切能够反光照出自己模样的东西。

老方已年逾不惑，然而工作将近20年仍是县城某单位里一名不起眼的科室主任，今年换届却迎来转机，擢升为县土地局分管项目的副职。

还没来得及与家人分享事业进步的喜悦，纷杂的业务接踵而来。

最近有一项大工程要招标。一天下午，王经理找到正在项目所在地调研的老方。王经理也算是老熟人了，之前几个项目就是他公司承包的，老方与他有过几次业务上的往来。

"方局,最近很忙吧?看你一脸憔悴的,再忙也要注意休息啊!"王经理关心地问,并顺手递给老方一个黑袋子。

那天下午以后,真正的噩梦开始了……

半夜起来如厕,洗手时抬头的一瞬间,"嚇!"眼前的画面让老方倒吸一口冷气:昏暗的夜灯下,只见镜面浮现出一张脸,眼窝紫黑深陷,面色惨白,布满死皮的嘴唇微微张着,目光呆滞却带着一丝贪婪吊诡地望着他!

白天,他精神萎靡、畏畏缩缩地走在办公楼楼道里,凡是能够反光照出画面的,他都不敢看一眼,生怕那镜子里的人再次跑出来吓他!

他知道,这么做是违纪违法的!可是老人、妻子住院,孩子上学……这巨大的开销快要将他压垮了。王经理送到手上的恰恰是那根"救命稻草",解了他燃眉之急。再说这种现象在局里司空见惯,你不说我不说,没人能发现,凭什么别人能心安理得收下,他就不能?

"吓!"又出现了!厨房的磨砂窗模糊地映出"鬼面人",甩也甩不掉,如影随形!老方却看清了,深陷的眼眶中瞳孔瞪得更大,死死盯着老方,让他无比惊惧。

逃也似地离开家赶往医院。多亏了那根"救命稻草",老人的病得以及时救治,妻子也能够安稳地在医院待产。

但是，面对老人和妻子的担忧，老方心里无比心虚和惶恐。

"儿子，你最近脸色很差啊，是不是工作上遇到了很棘手的事啊？"年迈的老父亲满脸心疼和愧疚。

"是啊！有什么事说出来咱们一起想办法解决。"妻子非常希望自己能够帮他分担一些压力。

老方终于瞒不住也憋不住，向他们道出最近发生的一切，但并不包括"镜子里的人"。原来黑袋子里装的是一捆捆现金。

"混账！儿啊，你真是越活越糊涂！作为一名党员干部怎么能收受贿赂，做出违纪违法的事情！我宁愿病死也不要这'救命钱'！"

"爸！您别这么说，您的病会治好的，我会想办法！"老方的心在颤抖，羞愧难当，不仅愧对自己的老父亲，更是愧对组织的信任和重用！

"你去镜子里好好瞧瞧你自己！你还是你吗？哼！要想让我快点好起来，那就赶快把钱如数退还给王经理！不然我就拒绝手术！"

"好好好，我明天马上退还给他！"

老方向亲戚朋友打了借条，东拼西凑将钱全数还给了王经理，并向他表明了竞标的事必须合规合法、公平公正进行，自己作为其中的把关人更是要依规依法办事。

镜子里的人

虽然负债累累,但老方觉得一身轻盈,心中的大石头终于稳稳落地,无比踏实。镜子里的"鬼面人"不再出现,光洁的镜面映出的是一张沉稳、坚定、眼里有光的面庞。

(谭　湾)

# 如此"谢师"

老张最近双喜临门,一来是他升了局长,二来是女儿爱莲收到了清华大学的录取通知书。

"爱莲能上清华,少不了班主任吕老师这些年对她的照顾,吕老师还是你大学室友,我打算这周末去会宾楼订一场谢师宴,到时候你叫上局里的老王、老李还有家里的亲戚朋友一起过来,以前他们家有事我们可没少随份子,这回得请回来,你说是不?"老婆春芳嘟囔道。

老张听了脸色一沉,想起自己上个星期刚在区纪委监委发的《拒绝参与"升学宴""谢师宴"承诺书》上签名,便没好气地对春芳说:"你真是哪壶不开提哪壶!"

"这几年送出去的份子钱得有好几万了吧?你现在升了官,也该为这个家考虑考虑……"春芳又气又恼地抱怨着,"我算了算,我们办这场酒大家都来,每个人份子钱最少也有个三五百吧,一场下来我们至少能有两三万的利润呢!今天我把话撂在这,爱莲的谢师宴必须办!"

## 如此"谢师"

谢师宴办还是不办，这是一个问题。这些年来老王家儿子的婚宴、老李家的乔迁宴、老刘母亲的寿宴……一幕幕回忆如潮水一样涌出老张的脑海，办了谢师宴这些年送出去的份子钱不就回来了吗？爱莲的很多同学都办升学宴了，他们有的考了个普通大学都操办，更何况自己家爱莲还考上了清华大学呢，自己怎么说也是个小领导，难道过得还不如平常百姓吗？

前两年自己的父亲因心脏病住院，因为害怕欠人情，老张都瞒着同事。吕老师从爱莲那里得知后亲自来探望。女儿刚入高中那段时间，数学成绩怎么也上不去，吕老师经常在课外活动时间无偿为爱莲和其他同学辅导功课，爱莲能有今天的成绩，于情于理都应该去谢谢人家呀！

但是，自己是一名党员干部，怎么能够罔顾党纪国法呢？在如此激烈的思想斗争中老张始终无法入睡。

第二天一到单位，老张就听说自己的老领导高书记顶风作案，违规操办儿子的谢师宴并收受礼金，加上其他违纪违法行为，现已被纪委监委立案审查调查。这个消息先是让老张心头一震，随后又长舒一口气。

周末，吕老师家的门铃响起，开门一看，门外站着老张和爱莲。

"张局长，是什么风把您吹来了？快请进。"吕老师赶忙将二人请进来。

"老吕啊，叫局长就见外了，咱们是大学同学，你又是爱莲的老师，叫老张多好啊。对了，我是特地带爱莲来请你吃谢师宴的。"老张笑呵呵地说。

吕老师突然面露难色，"老张，纪委有规定……我也签字了，你是知道的。"

"我知道你担心什么，你往门外看。"老张打断了吕老师的话。

只见门外有一箱子沾着泥土的蔬菜，这时候吕老师才注意到面前的父女俩裤腿和鞋子上都粘有黄泥。

"这菜是你春芳嫂子在老家自己种的，有土姜、小米葱、干辣椒、大白菜，今早我和爱莲刚回去摘的，新鲜着呢，这可没花我一分钱啊，老吕你可别笑话老同学抠门咯！今天我们父女俩就反客为主一次，在你家里好好招待你一顿，我们也叙叙旧，这三年辛苦你了！"老张一边说一边把"土特产"搬进厨房准备大显厨艺。

"老张，你早说呀，我好去买点肉等你来，现在家里的冰箱就剩白豆腐了……"吕老师突然有点不好意思。

"那我就给吕老师和爸爸做一道小葱拌豆腐吧，一清二白！"爱莲说罢便开始动手。

"对，这个菜好！"老张和吕老师都乐了。

饭毕回到家中，天色渐黑，春芳冲老张不满地说道："你一整天带闺女玩消失啊？电话也不接。会宾楼的杜经理来找你,说是张局订酒席的话可以给五折优惠,你不在我就先打发他回去了,这个酒席你说不办那咱就不办了呗,至于带闺女离家出走吗?真是的……"

"哦,你说谢师宴呀,我已经办完了!"老张说罢,和爱莲相视一笑,心里顿时觉得格外轻松。

(欧珠乐)

# 新　车

"唉，这个月的油价又涨了，我这台老爷车烧油烧得太厉害了，看来是时候把它淘汰掉啦。"下车后王大明和同事张贤抱怨道。

"要我说，你这台车早该换了。"张贤笑着说。

王大明是局里的老骨干了，专门负责项目审批的工作。前些年单位在市郊新建了办公楼，考虑到上班距离比较远，王大明和妻子商量之后就买了辆代步的小汽车。一晃八年过去了，身旁的同事有的不仅换了车，还换了房，但是王大明依然开着他那辆小破车，住在单位旧址的家属楼里。同事们常常拿他开玩笑，说他是打算把钱全存起来给儿子当老婆本。

"老王，你今晚有安排了吗？要不我们一起去吃个饭？我们都已经好久没出去聚聚了。"张贤对王大明发出邀请。

"好啊，那就聚一聚。"王大明也没多想，便欣然答应。

傍晚,王大明赴张贤之约来到了餐馆,却发现座位上还多了个陌生人。

"老王来了,快坐下,给你介绍一下,这是我妹夫刘达,今天大家就一起吃个饭,交个朋友嘛。"张贤热情地拉着王大明坐下。

王大明应声点头坐下,心里却忍不住犯嘀咕:"原来今晚不是个单纯的'同事局'啊。"

酒过三巡,张贤突然拍了拍王大明的胳膊,"老王啊,今天找你还想请你帮个小忙,就是我妹夫刘达有个项目现在程序走到我们局了,你这边能不能给他通过一下。"

话音刚落,刘达就从包里掏出了一张银行卡放在王大明面前,"王哥,听说你这边准备换台车,这里是我的小小心意,还请多多关照。"

王大明拿起茶杯抿了几口,一副若有所思的样子。

"老王你放心,这件事绝对不会有我们三个以外的人知道的,卡里的钱也足够给你换台中高档的轿车了。"张贤看出了王大明的犹豫,希望打消他的顾虑。

"项目审批能不能过,还得按照规定,我可不能做违纪违法的事情,况且我已经有了新车,我觉得比什么汽车都要好,这张卡我就不收了,老张啊,触碰红线的事情咱们可做不得。"王大明放下茶杯,语重心长地对张贤说道。

"对了,我忘了家里还有事,我就先回去了。"王大明借口离开了餐馆。

接下来的几天,张贤只要出入单位停车场都会特意观察一下有没有新车,但令他费解的是老王原来那辆小破车已经很久没有出现了,单位的停车场里也没见到有新车的踪影。

某一天早上,距离上班时间还有2分钟,张贤看见王大明气喘吁吁地走进办公室。

"老王,瞧你喘的,怎么现在才来啊?"张贤问道。

"别提了,今天早上光是停车就用了大半个小时,绕了好大一圈,刚刚还是一路小跑赶来上班。"王大明边说边擦着汗。

老王究竟买了什么豪车这么神秘,不能停在单位的停车场还非得停到外面去?张贤越来越好奇了,于是他借口说:"老王,我的车今天送去保养了没开来,下班的时候你送我一段路吧。"

"可以啊。"王大明爽快地答应道。

张贤心想,终于可以看一下老王豪车的"真面目"了。

下班后,张贤跟着王大明走了很长一段路,还转了好几个弯都没看到有类似停车场的地方,不过却看到了一排排整整齐齐、五颜六色的自行车。

"老王,你的车在哪儿呢?"张贤急切地问道。

只见老王拿出手机在一辆蓝色的自行车上扫了一下，"嘀"的一声，自行车自动解锁了。

　　"呐，这边的新车随你挑选。"王大明指着旁边一排排自行车笑着说。

　　"最近我家附近的地铁四号线开通了，出了地铁口到咱们单位还有十几分钟路程，正好这附近放置了很多共享单车，用手机扫一扫二维码就可以骑走，节能环保还能锻炼身体，我今天早上就是找停车点找了老半天。"王大明说着就把自行车推了出来。

　　看着王大明的"新座驾"，张贤恍然大悟，羞愧地低下了头："老王啊，我们以后一起骑车吧。"

　　"别等以后了，现在就一起骑上新车吧。"王大明会心地笑了。

（黎　睿）

# 匿名短信

黄正是清河县自然资源局的局长。时值年底,他正在局里忙着大大小小的事务。正在他忙得不可开交之际,突然"叮咚"一声,手机响了,他下意识拿起手机一看,是一个匿名号码发来的一条短信。

是谁发的呢?带着疑问,他放下手里的工作,打开短信认真看了一下。

"当官不能贪,哪儿来的钱,还到哪儿去!"看着这条短信,他眉头皱成一团,缓缓地坐下。

这段时间,住在乡下老家的父亲病重卧床不起,县里镇里两头跑把他累得够呛,这条来路不明的短信,令他陷入了沉思。

这短信是谁发的呢?他从抽屉里拿出一本通讯录,对照上面的号码仔细地看了起来,不时点点头,又不时摇摇头,嘴里喃喃自语,但就是理不出头绪来。

虽然短信不到 20 个字,在他看来却字字刺眼。突然,

## 匿名短信

他起身拍了一下桌子,莫非这短信与两个月前的事有关?

他的思绪回到两个月前,老母亲从老家打来电话,说最近父亲老是觉得身体不太舒服,撑了一段时间,实在熬不住了,才到镇上的医院做了个检查。一查发现身上长了个肿瘤。医生说,如果不抓紧手术,拖久了病情就会恶化,但手术费要20多万元。听到这里,想想自己一直为官清廉,手里的存款远远不够,但一向孝顺的黄正还是安慰母亲:"妈,咱不急,手术费我来想办法。"

为了凑齐父亲的手术费,他把亲朋好友的电话打了个遍,七拼八凑,还是差得远。正在他为难之际,某房地产公司的张老板到局里办事,恰巧看到黄局长愁眉苦脸,托人了解到情况后,趁没人注意,来到他办公室放下一张银行卡:"黄局,卡里有20万元,钱不多,您先拿着应急。"

张老板说完转身就走了,黄正拿着银行卡追了出去,但张老板已经快速下楼开车走了。

黄正回到办公室,本想隔天抽时间把银行卡退回去,但想到辛苦劳累了一辈子的老父亲还躺在病床上,耽搁时间久了后果不堪设想。几经思索,最后还是决定先把银行卡留下来解燃眉之急,就算是暂时借张老板的。

第二天,黄正回了一趟家,想接父亲到城里的大医院做手术。

"你工资不高,现在哪来的这么多钱做手术?"父亲问。

"钱……钱的事……您别担心。"黄正支支吾吾。

父亲似乎看出了黄正的异样,发起脾气来:"你的钱来得不明不白,我不去!"

后来,黄正又抽空回了几次家,劝父亲去医院,父亲的态度一次比一次坚决。就这样,给父亲做手术的事一拖再拖,银行卡也一直没有退回去。

想到这里,黄正疑惑不解,自己收银行卡的时候没有第三人在场,怎么会有人发来这样的短信?

第二天上午,黄正正在局里主持召开工作会议,突然接到了母亲的电话。母亲在电话里大哭,口齿不清地说:"儿啊,你赶紧回来,你爸爸快不行了……"

黄正布置好工作后,急忙赶回老家。父亲已经面如土色、有气无力。黄正神情忧伤,立马趴在了父亲的床前。

父亲说话很费力,断断续续:"儿啊……我不怨你……你刚刚买了房子……我生病你又花了不少钱……哪有那么多钱给我做手术……来路不明的钱……咱可不能拿呀……"

坐在一旁的母亲轻轻拍了拍黄正的背,对他说:"你爸知道他的病是无底洞,是他自己放弃治疗的。做官要正直,贪心千万不能有,你的钱哪儿来的,还是退到哪儿去吧!"

黄正猛地一怔,这话怎么跟匿名短信说的那么像?

他转身看着母亲:"妈,我昨天收到一条短信,和您说得差不多,但发短信的号码我从没见过。"

"傻儿子,那短信是你爸托别人发的!"

黄正眼泪唰地一下流了下来,紧紧握住父亲的手,声音有些哽咽:"爸,您放心,我知道该怎么做了!"

(段俊杰)

# 乡长的自行车

黄乡长出差回来,发现他停在办公楼楼梯口的自行车不见了。

黄乡长慌了,找来办公室的小李陪他一起找。

小李本来是乡里中学的老师,因为写得一手好文章,黄乡长将他作为特殊人才调到乡政府办公室。小李把黄乡长的知遇之恩记在心里,一直想为黄乡长办些事,所以他对找自行车的事特别上心。

"乡长,会不会你出差那天没骑车来上班。"小李在大大小小角落转了一圈,回到黄乡长跟前说。

黄乡长肯定地说:"不可能,肯定骑出来了。半路上,我爱人还特意发短信提醒我小心点,路滑呢。"说完,黄乡长翻出短信给小李看。

短信上显示的日期正是黄乡长出差的那天。

小李挠了挠头,说:"我去保安室问问。"

保安是个刚来不久的小伙子,他告诉小李最近几天没

## 乡长的自行车

见到有人骑着自行车进出，小汽车倒是见了不少。

末了，他开玩笑似地说："乡长的座驾，谁敢动，除非不要命了。"

小李瞪了他一眼，小保安吐了吐舌头，不说话了。

糟了，肯定被小偷偷走了。可是，在哪里被偷的，小李的情绪有点低落，垂头丧气地回到黄乡长跟前。

黄乡长见状，安慰他说："找不到就算了，做事去吧。"说完，回办公室处理文件去了。

小李知道，黄乡长能够从办事员走到今天的位置，那辆自行车功不可没。十几年来，它载着黄乡长走村串弄，访民情、解民忧，赢得了群众的拥戴。当地有一句民谣：只要看到乡长的自行车，天大的困难都不是困难。

小李暗下决心，一定要帮黄乡长找到这辆自行车。于是，他暗地里联络了几个要好的同事和在派出所的同学小吴一起帮忙寻找。

很快，街上的住户及摆摊的商贩都知道乡长的自行车不见了。

卖肉的老张说："哼，乡长那么着急找他的自行车，一定是自行车的轮胎或者车管里藏着见不得人的存折或者项链、戒指之类的。"

隔壁卖菜的李婆笑着说："老张，我看你是记恨上次卖注水猪肉让乡长发现被罚款的事吧。"

老张将剔骨刀插在案板上,说:"老太婆,你可别不信,电视上都是这么演的,许多贪官平日里跟平民百姓一样,甚至比咱们老百姓穿得还旧,但是家里床底下、墙壁里、菜地里、地窖里,哎哟,多的是数不清的钱和金银珠宝。咱乡长的自行车是破了点,但藏见不得光的东西最合适,不然他怎么天天骑着上下班,一句话,钱财放在身边,安全。"

李婆反驳道:"你可别胡说,咱乡长不是那样的人,上次我摔倒他不仅送我去医院,还帮我付了医药费呢。"

老张吐了一口唾沫,说:"咱走着瞧。"

小李第二天上班时,小吴打来电话说车找到了。

小李兴冲冲地跑到派出所,一到大院,就傻了眼。只见一个小男孩抱头蹲在地上,旁边的自行车被拆得七零八落,看样子是准备卖给废品回收站。

小李只好将找到自行车的事报告了黄乡长,黄乡长说要见小男孩一面。

小李带着小男孩去见了黄乡长。黄乡长打量着眼前这个十三四岁的男孩子,面黄肌瘦的。他看了看桌面上刚报上来的特困生名单和照片,突然拍着脑袋说:"小李,没事了。这次出差前我爱人见我骑着车子摇摇晃晃的,感觉不太安全,所以偷偷拿去丢了。那晚她和我提了一嘴这事,我一忙起来就忘记跟你说。你跟派出所解释一下。"

黄乡长轻轻拍了拍小男孩的肩膀,说:"小同学,对不起,让你受委屈了。现在,我没车了,你也没车,今后的路我们一起走……"

(韦凤美)

# 一盒"茶叶"的考验

一次看似平常的饭局后,王先进手里提着李总给的一盒茶叶走出饭店。李总很热情,说茶叶是老家特产,给他纯粹是老乡情谊。这盒茶叶比平常的要重,李总说是发酵的茶砖,肯定要重一点,还叮嘱王先进回家自己喝,不要送人。

但是,王先进心里很忐忑,想起李总是空调经销商,生意做得很大,正准备投标A市第一人民医院空调项目,而他,是医院业主代表。

回到家,王先进累得一屁股坐到沙发上,脑海里又浮现出李总似笑非笑的面庞:"王主任,茶叶回家自己喝,不要送人哟!"莫非茶叶里另有乾坤?王先进立即拆开茶叶包装,20扎捆得好好的人民币掉了出来。20万元?这是"特洛伊茶叶"呀!我的乖乖!王先进脑海里惊惶地浮现起自治区纪委《党风廉政教材》里一个个被查处党员干部的形象,这茶叶收不得!

正巧,王先进的妻子武丽走了出来,看到这20万元,突然两眼放光。"太棒了!先进啊,你存了这么大一笔私房钱也不告诉我,明天给我爸妈送去,他们在老家起房子,正需要钱。"

"不行啊,这钱来路不正。"王先进把20万元的来龙去脉讲给武丽听。

没想到武丽对此不以为然,说:"李总说给你的是茶叶,如果纪委真查起来,就咬死说里面只有茶叶,其他什么也没有,这事只有天知地知,任谁也查不出。"

"不行啊,摸摸自己的良心,这是违纪!纪律红线咱千万不能触碰。我宁愿被老丈人骂我没钱给他起房子,也坚决不收这20万元!况且这事不止天知地知,还有你知我知李总知,我怎么能昧着良心收违纪钱?"王先进坚守底线。

"哎呀!我们暂时经济困难,要不先收下这钱,等老家起好房子,我们再凑钱还给李总?写张借条就可以了。"武丽知道王先进脾气犟,采取了迂回策略。

"不行!"王先进斩钉截铁地说。夫妻结婚15年来,第一次为钱的事红了脸。

王先进一夜未眠,瞒着妻子,第二天一早,就把钱交到了市纪委。王先进拿着20万元市纪委罚没账户银行收据,这晚睡得特别安稳。

A 市第一人民医院空调项目开标了，中标人是李总。

"中标人是李总？咦？按理说，李总的投标条件不是最好的，为什么能中？"王先进很疑惑。

"谢谢先进兄弟了！谢谢关照！茶叶好喝吧？以后还有得喝！"李总不知道王先进已经把 20 万元交到市纪委了，还以为王先进关照了他投标的 A 市第一人民医院空调采购项目。

"哎……我没有……"王先进低声推脱着。

"你看你，怕什么？一直都是各路兄弟关照，才有我李某的今天！不说了，今晚咱们好好喝个痛快，在地王酒店！先进兄弟你一定要来哟！对了！今晚还有赵评委、孙评委等几个评委也一起参加。"李总豪爽地大笑着说。

"我妻子近段时间生了病，我要照顾她，可能参加不了……"王先进推脱了。

因为工作出色，王先进到 A 市第九人民医院任书记，离开了工作多年的 A 市第一人民医院，因为不再参与工程招投标，与李总也渐渐断了联系。

两年后，市纪委警示教育创新采取"到监狱就地教学"的方式，组织多批党员领导干部到新城监狱接受警示教育，实地倾听违纪党员干部的自我剖析，当头棒喝一些徘徊在违纪边缘的党员领导干部。

王先进随着大家，一起走进新城监狱。

"咦？这不是李总吗？啊？这不是赵评委吗？还有孙评委……怎么他们都在这里？"王先进震惊了。

那一刻，他似乎明白了什么。

（何光晓　韦晓楠）

# 打道回府

庄村的老刘靠收破烂为生，小日子过得挺滋润的。

亲戚问老刘："收破烂有什么窍门？"老刘挺爽快地答道："靠信息。"亲戚又问："啥信息啊？收破烂这事儿，勤跑路不就行了吗？"老刘又答："那得看你往哪儿跑了。"

正说着，老刘的手机响了起来。叽里呱啦几句后，老刘连忙对亲戚说："我又得跑了。饭菜都弄好了，你自己吃，千万别客气。"

老刘推出后架上挂着两个大箩筐的摩托车，一溜烟就出了村口。老刘骑着摩托车，屁股一颠一颠的，心里那个乐啊，来了一帮人，酒瓶、酒盒、饮料箱什么的，肯定得装满两箩筐。老刘信心满满，以前每次得到信息后，几乎都是这样的。

老刘把摩托车停在大门外转角处老樟树下，悠闲自得地抽起香烟来。老刘想，最多两根烟工夫，那帮人肯定进大门去的。然而，左等右等，老刘抽烟抽得嘴巴都起火了，也没见人影。老刘嘀咕道，这人怎么搞的？

老刘走也不是，坐等也不是，绕着老樟树一个劲转圈。老刘正窝着火，一群人鱼贯进入大门。饿得有些发晕的老刘立马来了精神，小声嘀咕道，总算来了，没白等。

这时，落在后面的一个人跑过来对老刘说："刚才一直不方便给你发信息，打道回府，打道回府。"

老刘不解地问："什么？县里的检查组不吃饭就走啦？"

那人小声说道："我是叫你打道回府，他们都在农户家里吃过午饭了，自己付的伙食费。"

（黄群礼）

# 战 士

"郑院,签了字,后面还有更多。"三年前,他拿着三万元见面礼和一份药品代理购销合同,"啪"的一声甩在市人民医院副院长老郑的办公桌上。老郑刚调整分工,负责药品购销。

然而,没想到老郑不但"拒礼""拒签",而且还严肃地批评了他。

正当他以为自己要被"扫地出门"的时候,老郑却耐心地向他介绍起医院的药品招标管理流程,临出门还语重心长地劝他走正规进货渠道:"年轻人,不要走歪门邪道,那样干害人害己。"

此后,他打消了"走捷径"的念头,按规程经营,药品代理生意果然做得风生水起。

然而,他一直想不明白,老郑咋就"刀枪不入"呢?他问过想从老郑那儿"找门路"的医药代理商不下百人,然而没有人说得清楚。后来,他实在忍不住了,便直接问老郑,一脸疲倦的老郑微笑地看着他,却没有回答。

"啊,老郑,讲的是老郑啊。"昨晚,他在网上刷到一篇本地纪委监委新发布的文章。

"作为医生,他一直在与威胁人类生命健康的疾病作斗争;作为一名肝癌病人,他十年来做了三次大手术,每天都在与死神赛跑;作为主管药品采购工作的领导,他一直在与腐败这个'最大的毒瘤'战斗。"读着这篇《在生死线上奔跑的白衣战士》的报道,他早已泪流满面了。

(林柏江)

# 秤

"苏镇长,今晚有时间吧,这么喜庆的大事,不好好庆祝一下怎么行?"新宁镇镇长苏长胜刚刚上任,便接到县委办副主任郭亮的电话。这个郭亮本事很大,苏长胜可不敢得罪,便满口答应了他的邀约。

他心里明白,郭亮此时主动联系自己,无非还是为了他小舅子中标新宁镇中心小学食堂承包项目的事。这事在苏长胜还是副镇长的时候郭亮就找他帮忙关照,可郭亮小舅子的公司缺乏必要资质,苏长胜就以这事需镇长亲自拍板为借口搪塞了过去。这次自己升任了镇长,看来是无法回避了。

苏长胜刚放下手机,铃声又响了,他拿起手机一看,是父亲打来的。

"爸,怎么了?找我有事吗?"苏长胜问道。

"长胜啊,今晚你务必回来,我们全家人一起吃个晚饭,你妈准备了你爱吃的饭菜,有些事跟你说。"老苏话不多,也没跟苏长胜商量的意思,话说完就把电话挂断了。

苏长胜心里琢磨,父亲撂下话让自己回去,肯定有很重要的事跟自己商量。想到这儿,他马上打电话推掉了郭亮的饭局。

"爸,到底什么重要的事啊?还得您老专程把我叫回来,我都答应……"刚回到家,苏长胜马上向他爸发问。

老苏没搭话,径直走到了饭桌旁,招呼孙子吃饭。

"爸,您到底……"苏长胜心里犯起了嘀咕,再次问道。

"长胜啊,你看到我房间的那杆老秤了吗?"苏长胜顺着父亲的筷头看向父亲房间的墙上,那是父亲还在供销社工作的时候就用着的工具,后来供销社改用磅秤、电子秤之后,这杆秤就闲置了下来。

这杆秤父亲用了差不多二十年,经这杆秤称量的油米不下百万吨,用得久了也就有了感情,在临退休的时候他跟供销社主任申请将他的这个老伙计买了回来。

"长胜,你别看它只是一杆木秤,很多做官做人的道理都在它的秤杆和秤砣里呢!"老苏缓缓说道。

苏长胜知道,父亲之所以受人敬重,不单是因为他在那个年代所处的特殊岗位,更重要的还在于他在秤杆、秤砣的进退之间拿捏十分到位,经他手的油、米轻重误差极小,即使后面供销社改用了电子秤,来这里买油、米的乡里乡亲都没人反对父亲继续用这杆老秤。

老苏继续说道:"这秤杆是木头做的,上面刻满了度量,好比人心欲望,这秤砣就像一个人心里头诚实可靠的品质,秤砣在秤杆上的进退取舍,全在于秤杆那头挂着东西的轻重,如果心里藏着私心杂念,这秤就会打得高低不平,称出来的重量不是缺斤少两,就是多出斤数,这样是干不好活的。"

听着父亲的话,苏长胜不由自主地点了点头,他知道父亲意有所指。

"你做人做事也像秤砣一样,在镇长的重要岗位上,随便拿捏一点,对别人就是利益攸关的大事。你别忘了,秤盘那头如果是人民群众的难事,再重也要把心里的秤砣拔满,不能让秤盘沉下去。如果秤盘那头是歪门邪道的事,心里的秤砣就不要拨到秤杆上去,不能给秤盘一丝站稳脚跟的机会。"老苏说完,就不再说话了,这顿饭就这样在父子俩的沉默中结束了。

这一夜,苏长胜辗转反侧,他反复思考着父亲的那番话,在心里一遍遍打量父亲那杆老秤,终于暗暗作出了一个决定。

一周后,新宁镇中心小学公布食堂承包中标结果,郭亮小舅子的公司"意外"落选了。

(吴 芳 梁沛亮)

# 老刘"睡得香"

"你这个猪头,吃了就知道睡。"还在看电视的妻子阿莉骂道。刚 22 时,老刘倒头在床上,立马发出呼呼的鼾声。

老刘是 A 县某局副局长,这个人的特点是爱睡觉,只要忙完手头上的事,眯眼就能睡着,而且睡得很香。

阿莉辗转难眠。过几天,老弟就要来催债了,5 年前借了老弟 3 万元钱买房子,现在老弟建新房,需要花钱。可是,这几年孩子上大学,又读研究生,夫妻俩的工资月月花光,哪来的余钱呢?阿莉干脆爬起来玩手机,无意中拨通了老刘的手机号码,一阵铃声从沙发的包里传出。"这猪头,手机还在包里,晚上也不关机。"她把手伸到包里,碰到一个信封,打开信封,里面有一张银行卡,还有一张字条:内有 3 万元,密码 188188。

"难怪猪头睡得香,他早有准备了。"阿莉来到床边,一把把老刘耳朵拉起来。

"有钱了怎么不告诉我,害得我几天睡不着。"

"什么钱?"老刘睡眼蒙眬,还以为在做梦。

阿莉把信封扔在床上,说道:"3万元刚好够还给老弟。"老刘先是一愣,突然想起了下午的事情。

今天下午上班时,办公室来了不少工程老板办理环评审批手续,按顺序一个一个递交材料,有的审核通过,有的退回去进行整改,现场验收合格后才能进行审批。

有一个人坐在门边迟迟没有交材料,等到大家走后才递交材料,他是某电站的张总。老刘审核他的材料时发现还有一些需要完善的地方,不能通过。

老刘把要求跟他说了一遍,然后把材料递回给他,张总非但没有不悦,反而对老刘说:"让领导费心了。"

老刘没有多想,转身上了趟洗手间。估计就是这段时间张总把这个信封放入自己包里的。

"完了完了,因为疏忽我要犯错了。"这回轮到老刘失眠了,在屋里来回踱步:"这是要我的命呀。"

"没钱才叫苦恼,有钱还烦,你傻呀?"阿莉狠狠地骂他。

"桥归桥路归路,一码归一码,纪律底线不能触碰。"老刘回答道。

半夜,张总发来一条信息:"刘哥,明天能办吗?"果然是张总在搞鬼。

"能。"老刘果断回答。

第二天一早，张总来到老刘办公室，推开门看见一屋子的人，他们已等候多时。

"他们是县纪委监委的同志，我想你的材料要由他们先把把关。"张总一脸惊愕，随后被带走。

送走张总后，老刘的手机收到一条信息，他前几天到银行申请的贷款终于到账了，他下班后立即到柜台领取交给老婆。阿莉感到不解，这不多此一举吗？

"不一样，你看这里有银行的借据。"说完，老刘上床又美美地睡着了。

晚上，外面下暴雨，电闪雷鸣，老刘却呼呼打鼾。

阿莉看到本地电视节目正在播放深入开展反腐败斗争的实况，并向社会各界提供了举报平台。阿莉心有余悸，因为手头急用钱，不问来路就"见钱眼开"，差点儿犯糊涂害了老刘。

不久，组织提拔老刘当局长，分管环评事务，有不少老板找上门来，阿莉都一一打发走了。她也当"气（妻）管炎"角色：不许老刘抽烟，担心人家送烟包（里面塞钱或卡）；不许老刘喝酒，担心喝酒会接受宴请，吃人家的嘴软。

（黄宗全）

# 蚂 蚁

"有人养狗养猫，有人吹拉弹敲，只有你老孟养蚂蚁才是高，"蒋汕挤眉弄眼地看着老孟揶揄道，"老孟，我刚来的时候就听说了你这养蚂蚁的特殊爱好，什么时候让我见识一下你的蚂蚁怎么个高法啊？"

"少在这插科打诨，下班了还不走，看来这个周末是想多学习一下业务知识了。"老孟摆摆手说道。

老孟是单位项目规划科的科长，蒋汕一进单位就是老孟带着他。老孟为人亲和，不仅教了他许多业务知识，平时两人时常互相逗趣。

听到这话，蒋汕飞快地收拾好东西，逃出了办公室。

老孟收拾好东西回家，心里牵挂着自己的蚂蚁。老孟是学建筑出身，最初的时候，研究蚂蚁是为了从蚂蚁筑巢中获得灵感，研究久了慢慢就变成了一种爱好，一养就是二十多年。

心里想着蚂蚁，老孟也不觉地加快了脚步。回到家，

## 蚂 蚁

他发现门口放着两盒包装精致的高档礼盒,正满头问号的时候,一个电话打了过来。

"孟哥啊,平时多亏你照顾,所以买了两盒保健品给你,我去的时候家里没人,就放门口了。"电话是凌强打来的。凌强是老孟负责的项目业主,同时也是老孟父亲战友的儿子。两家人平时关系不错,过年过节总会有点往来,却不像这次这么隆重。

"不要不要,这东西太高档了,我可不能收,你快拿回去。再说了,我也没照顾你什么,这都是依规依章的,你……"

"行了,这也是我爸的意思,你收着吧。"不等老孟说完,凌强抢先挂断了电话。

老孟无奈地摇摇头,还是把礼盒拿进了屋,随后便逗弄起蚂蚁来。老孟的爱人吴月回到家,看到摆在桌子上的礼盒问:"老孟,这是哪来的?"

"是凌强那小子送的,说是凌叔让送的,感谢我照顾他。我哪照顾过他呀,这小子就知道瞎说。"

"然后你就收了?"

"退回去也不太好吧,怎么也是人家的心意。"老孟拿起放大镜细细研究着正在筑巢的蚂蚁。

看着满不在意,还继续研究蚂蚁的老孟,吴月脸上有了一丝愠色,"你每天摆弄蚂蚁,你是喜欢它什么?"

"这里面学问可大着呢，蚂蚁堪称建筑业的能工巧匠，对土壤、植物都有影响……"一说起蚂蚁，老孟便打开了话匣子。

"停，你这些理论，我听得耳朵都起茧子了。你光想着蚂蚁的好，但你有没有听过一句话？"吴月扬扬下巴，示意老孟往桌子上看，接着说道："千里之堤，溃于蚁穴。"

"什么意思？"老孟放下放大镜，看了看摆在桌子上的礼盒。

"这千里之堤就是没有从早从小预防，蚁穴越来越大，最后才会溃于蚁穴。这些礼盒就像刚开始筑起的蚁穴，有一便有二，那么多警示教育案例学哪儿去了？"看老孟还不明白，吴月忍不住说道。

听了吴月的一席话，老孟陷入了沉思，一整晚都盯着自己养的蚂蚁发呆。

第三天，老孟拉着吴月一起到凌强家拜访，还特地备了礼物，算是还了礼盒的礼。这不仅是为了加深两家的情谊，更是为了表达自己作为党员干部的坚定立场。

（唐柳倩）

# 摔　跤

犹豫了一个下午,快下班了,李大鹏才从办公椅上起身,踱步到窗前。

李大鹏发现窗外的枇杷不知什么时候已经成熟了,他伸手摘了一个,咬了一口,一股酸涩味充盈嘴里。

"大鹏,今晚你不赴宴也没关系,但要记得8点前帮我发一条短信。"刺激的酸味将初中同学吴宇泉临走时说的话从大脑深处调取了出来。

李大鹏摇摇头,走回办公桌前,拿起手机,又看了一眼吴宇泉替自己编好的短信。

"就当是报恩了吧。"李大鹏心想着,右手食指不由自主地伸向了发送键。

一个电话不失时机地打了进来,李大鹏一看,是乡下老家王婶的电话。

李大鹏连忙接了电话:"王婶,出什么事了吗?"

"大鹏啊,你娘刚才不小心跌了一跤,现在走不了路了。"王婶在电话里着急地说。

"马上送医院,我到医院等你们。"李大鹏冲电话那头喊道。

"大鹏,你还是先回来看看吧,你娘不听我的劝,也不让我挪动她。"王婶不等李大鹏再说话就挂断了电话。

李大鹏连忙回拨王婶的手机号码,手机里一直提示"对不起,您所拨打的电话已关机"。

"我的娘啊,千万别有事。"李大鹏顾不上想别的了,连忙驱车赶回乡下。

李大鹏的父亲死得早,母亲为了不让他受委屈,一直没有改嫁。李大鹏调职后,多次请求母亲进城跟自己生活,但倔强的母亲说不想让儿子工作分心,执意一个人在乡下住。母亲从不轻易打电话给李大鹏,就算出现了头疼脑热,实在熬不下去了才到乡卫生院开药,等李大鹏回家看望她时,才轻描淡写地提起。

为了能更好地掌握母亲在乡下的生活情况,李大鹏只好托老家的王婶给自己通风报信。

一路上,李大鹏的心情很沉重。

"娘,您摔到哪儿了?"一进家门,李大鹏关心地问。

"没事,摔了一跤,右脚脚踝有点肿而已。"母亲安慰他说。

"都这么肿了,还说没事。"李大鹏抬起母亲的右脚,

## 摔　跤

接过王婶手中的药酒，一边涂药一边埋怨。

"儿啊，我摔跤受伤，不仅有药医，还有你的关心。要是你不小心摔跤了，可怎么办？"母亲问。

"娘，我好好的，怎么会摔跤。"李大鹏嗔怪地说。

"今天，你初中同学来找我，说让我给你打个电话。"母亲说。

"他今天也去找我了。"李大鹏说。

"你答应他了？"母亲问。

"准备答应的时候就接到了王婶的电话，没顾得上理他。"李大鹏说。

"他搞的那些道路，不到三个月就全都变成坑坑洼洼的了。害人不浅啊。"李大鹏的娘搔着大腿说。

"其实，他只要我发这样一条消息。"李大鹏说着，掏出手机，给母亲看了短信。

母亲看到手机上写着："吴宇泉是我的同学，李大鹏。"接收人是住建局局长。

母亲扶着凳子站了起来，说："大鹏，你知道我是怎么摔跤的吗？"

"怎么摔的？"李大鹏问。

"你王婶家的琵琶成熟了，她说送我一些，但是没空帮我摘，我就自己爬上围墙去摘，一不小心就跌下来了。"李大鹏的母亲说。

"娘,你别哄我了,你从不拿别人的一针一线。就算是别人非要送给你,你也会想着法子还礼。"李大鹏笑着说。

"大鹏啊,我跟吴宇泉讲了,在咱家,我只是你娘,工作上的事我从来不问。在家外面,我是人民群众,只要我知道你违纪违法,我就要举报你。我还随口给他报了纪委举报电话。"母亲说。

"娘,要不是当年他把我从河里救上来,可能我就活不到今天了。今天下午,我对着这条短信发了半天呆。发,我良心上不安;不发,我觉得自己是个忘恩负义的人。"李大鹏低声说。

"大鹏啊,虽然我书读得不多,大字不识几个,但有些道理我是懂得的。人情,是一辈子都说不清还不清的东西。还情、报恩首先要守住做人的底线,不能做有损国家、他人利益的事。"母亲说。

"娘,我知道应该怎么做了。"李大鹏说着,删掉那条编好但还未发送的信息,心里突然觉得轻松起来。

(韦凤美)

# 二次硬化的道路

兴建村最近又获得一条屯级公路的硬化指标。

这条路五年前硬化过,当时施工队开工建设不久,马波就发现了问题。道路硬化厚度不够,采用的水泥标号不合格,水泥用量严重不足。于是,他向施工队的老板提出了意见。

当时,施工队的老板对他笑笑,说:"你放心,马上整改。"

第二天,村委会开了一个会议,对全体村干部的工作进行了重新分工。马波被安排负责高铁公路的土地征收工作,由于征收任务较重,他对公路硬化出现的问题无暇顾及。等马波完成征地任务回来时,这条屯级公路的硬化工程也结束了。

马波本以为没有什么问题,可谁知刚过三四个月,道路开始出现问题……一年后,道路就不成样子了。

马波心里像扎着一根刺。他是个大学毕业生,放弃城市优厚的待遇回村竞选村干部，是有他自己的理想抱负的，为群众办实事是他必须要干的。

所以，趁着今年乡村振兴工程轰轰烈烈开展的时机，马波又把硬化这条屯级公路的申请递交到乡人民政府。本没抱多大希望，可申请很快就得到批准了。

这可是一件大喜事，马波松了一口气。

他暗自决定："这一次我一定认真把好质量关，否则让国家资金浪费，人民群众寒心。"

乡里很快又派来施工队与村委会签订施工协议。

马波一见到施工队那个笑眯眯的老板，脸色就变了，这还是两年前的那个施工老板。

他心想：建设质量难保证，这份施工协议不能签。他"啪"的一声摔掉了手中的笔，转身离开了。

当天晚上，已退休的村委会老主任找上门来。他苦口婆心地说："小马啊！这份施工协议你还是得签啊！"

"我不签，这个老板怎么还有脸来我们村做项目？还是同一条路啊！"

"小马呀，你知道的，这世道就这样了。你还能怎么办？"

"反正我不签，我眼里容不下他这种人！"

老主任低声说："小马呀，你知道他是什么人吗？他是乡长的小舅子，乡里的很多项目他都沾边的，我们小小的村干部是挡不住他的!"

马波仍低头倔强地抵抗。

老主任说:"小马呀,刚才乡长打我电话了,说明年乡里有个转干的指标,要在全乡的村委会主任当中推选出一个来当副乡长的,他说你年轻有为,本来排名是在全乡前列的,这,你该知道怎么做的!"

马波懵了,他当村干部,也是为了积累基层工作经验更容易考上公务员,从而实现自己的抱负,可他没想到,机会就这么来了,而且是夹带着这样的条件而来的。

老主任说出了其中的缘由,就离开了马波家。离开时又拍拍马波的肩膀说:"你不签这个字,这个项目他还是能做成的。他可以走其他程序,但过后乡长会怎么看你,你该知道的……"

老主任的身影在月色中消逝,马波的心却仿佛压上了一座大山。

这一夜,他失眠了。

辗转反侧,在纪检监察机关工作的妻子问清缘故后,说道:"干部考察期间被考察对象被举报的事情不在少数,最后前途尽毁,得不偿失,眼前的教训啊,你要想清楚……"

马波醒悟过来,在实现人生抱负的过程中,有些事情是不能妥协的,实现抱负不能以牺牲群众利益为代价。

第二天,他当面跟老主任表明态度,坚持换一个施工老板签那份施工协议。没过多久,老主任和乡长都被纪检监察机关立案调查了。

(韦绍新)

# 正　家

"静静,明天上午有空一起去逛街吗?"

周五下午刚下班,王静就接到大学室友于丹的电话。

王静的老公张宏是 A 市行政审批局局长,本周末在外地出差,于丹的邀约"正是时候"。

"好的,丹丹,那我们明天万达见咯!"

一到万达,二人就直奔大学时期最爱逛的服饰商城。逛着逛着,二人就到了某名牌女包店门前。

"丹丹,你看这款包好看吧,就是价格太贵,3000 多元,我和老公来看过很多次了,可惜目前经济拮据,只能来过过眼瘾了。"

王静家刚在市里买了新房又换了新车,每个月的房贷和车贷都是一笔不小的开支,两人每月的工资刚好收支相抵,实在没有能力买 3000 多元的"奢侈品"。

"既然你那么喜欢,那我买了送你吧,反正你下周过生日,正愁要送你什么礼物!"

"不行不行，太贵重了，我可不能要！"

"静静，是这样，我老公最近有一个项目正在审批局审批，很久都没有消息了，所以就想找你老公帮帮忙……"于丹在王静耳边悄悄说道。

原来于丹的老公是某企业老板，正有一个项目在行政审批局等待审批，想到王静的老公是该局的局长，就想行个方便。

"那更不行了，我老公的工作我从不过问的，不买了，咱们走吧。"说着王静拉起于丹往外走。

回到家，王静对包包的事情还是久久不能忘怀，甚至有些后悔没有接受于丹的"好意"。

"叮咚……"

"你好，请问是王静女士吗？这里有您的快递，麻烦签收。"

自己最近也没买什么东西啊！

王静疑惑地拆开了快递，里面竟然是自己心仪已久的包包！

"这会是谁送的呢？"王静既惊喜又疑惑。

"会不会是于丹？除了她好像没人知道我喜欢这款包包。"王静心里一边想一边拨打了于丹的电话。

"您好，您拨打的号码已关机……"

"于丹怎么关机了，难道怕我问她……这样看来应该就是她送的了，那她老公的事情我也跟老张说说？"王静有了主意。

"叮叮……"

"请问是张宏的妻子王静吗？我是市纪委监委的办案人员，现正式通知你，张宏因涉嫌严重违纪违法，已被我委采取留置措施！"

王静猛然惊醒，原来是自己午休的时候做了个梦！这时恰好张宏打电话过来。

"老张，你没事吧？"王静带着哭腔问到。

"我这不是在出差吗，能有什么事，发生什么事了？"

王静便把自己做的噩梦告诉了张宏。

"傻瓜，梦里的事情怎能当真？况且我岂能做违法乱纪之事！"

"对了，我给你买的包收到了吗？就是我们之前在万达看的那个。"

"啊！那个包是你买的，你哪来那么多钱？"

"我知道你很喜欢那个包，刚好昨天发了绩效奖，所以就当作给你的生日礼物呗。"

"我还以为是于丹送给我的呢！"王静便把早上和于丹逛街聊的事情告诉了张宏。

"她老公的项目经过局班子会讨论，已经审批通过了。"说完还给王静上了一堂"廉政教育"课，并将 A 市即将召开的"一把手"家属廉政教育座谈会的消息告诉了王静。

"放心吧,老张,我一定好好参加这个会。"王静满口答应。

(罗德对 岑长国)

# 吃饭这件"小事儿"

"老范,刘梅考了县纪委的公务员,这不准备政审了嘛,我准备了点土货,上次从城里带回来一瓶好酒,上我那儿喝两杯去!"为了让村支部书记在妹妹政审时说句好话,刘星一大早就在张罗这顿饭。

"这么客气啊!那可得喝两杯才行。"一说到土货,老范二话没说就直奔刘星家,落座便大快朵颐、推杯换盏了起来,好似在自己家一样。

确实,找范书记办事情,可不能叫他白帮忙,总要准备一顿好菜招待一下,村里人都习惯了,如果没有这顿饭,那范书记能帮你把事情办妥当了?他的脸色大家也看得不少了,只要一顿饭,那不比以前动不动就收红包好太多?村里人还送了他个外号:"饭"书记。

村子里大小事都要过老范的手,大伙可以说是轮着请他吃饭,老范还特意为此排了张"饭表",贴在办公桌上,生怕自己错过了哪顿饭。

老范也有烦恼的事情，每隔一段时间总要叫妻子用烧红的铁钉在皮带上往后多烫上几个卡皮带扣的洞。

这天，县纪委的检查组到村里走访，陈组长发现老范办公桌的玻璃板下压着一张表，上面有一些人的名字，还有日期，并标记了"盖章""出具证明"等事项。

"哟，范书记工作真是扎实，帮群众盖章、出证明都记录得清清楚楚啊！"

"这是我平时给群众办实事的记录，一桩一件都记下来，年底好总结嘛！"老范连忙解释道，心里有点虚。

刘梅是检查组成员之一，老范那点"事儿"她能不清楚吗？于是她偷偷用手机将这张表拍了下来。

回到单位后，刘梅走进陈组长办公室，把群众找老范办事必须请吃的事跟组长从头到尾说了一遍，还把那张"饭表"拿给组长看。

"如果你所说属实，我们也还需要进一步固定证据，比如向那张表上的群众了解情况！"

"表上的刘星就是我亲大哥，我马上打电话跟他说！"

"小妹！多亏人家范书记帮你说好话，你才这么顺利当上了公务员，你怎么倒咬人家一口呢！"电话那头刘星对妹妹劝说自己指证范书记的行为十分不解。

"我们家本来就清清白白，再说了，这些年我们村里人都习惯办事先请吃送礼，作为一个村支部书记，为群众办事是职责所在，老范这是违纪啊！"刘梅据理力争道。

"吃饭就是件小事儿，他又没有贪污受贿，再说大家都是屋前屋后的老熟人了，撕破了脸以后还怎么在村里混！"刘星坚持认为老范接受吃请很正常，大家都是乡里邻里，情面总得留点。

"前几年我刚上大学的时候，申请贫困生补助，去找老范盖章，他又是甩脸又是讥讽的，硬是没给盖，后来送了礼他才松口。"想起往日求老范办事的情形，刘梅更加气愤。

"我现在是一名纪检干部，查处群众身边的'四风'和腐败问题是我的职责。接受群众吃请看似是小事，但如果不及时纠正，任由其发展，以后就有可能酿成大错，我这是在帮老范呀！"

妹妹一席话让刘星幡然醒悟，最终，他说服"饭表"上的好几个群众，一起到县纪委举报范书记为群众办事"吃拿卡要"的问题。

没过几日，老范因为吃饭这件"小事儿"被县纪委请去"喝茶"了。

（崔　鼎　石喜兰）

# 必须完成的家庭作业

晚上10点,刚从饭店出来的路松,无暇顾及一身酒气,便急匆匆地往家赶。

路松是单位出名的"女儿奴",大家都知道他对家里的宝贝言听计从,恐怕月亮能摘,路松都会拼命上天。

可是,自从被提拔为建设局局长后,审批文件、现场勘查、下乡调研……他工作忙得几乎忘了下班时间,陪女儿的次数自然也是屈指可数。

一个月前,他收到8岁女儿的留言,说是有项作业一定要他配合才能完成,不管多晚都等他。

听到留言的路松愧疚极了,那天他刚进家门,就听到女儿清脆的诵读声:"吾家洗砚池头树,花开朵朵淡墨痕。不要人夸颜色好,只留清气满乾坤。"

"爸爸我背得好不好?"看到路松,女儿迅速冲过来抱着他的大腿撒娇道。

"好好好!爸爸都不会呢,你真棒!"路松一把抱起女儿，抵着她的小鼻子亲昵地说："爸爸亲亲哈！"

没想到，女儿轻轻推开路松，一本正经道："爸爸，那你能不能以后每个星期五都陪我背一首古诗？"末了，还补充道："这可是家庭作业。"

"妈妈陪你也是一样的。"路松以为孩子只是开玩笑，便顺口说道。

"那可不一样。"女儿挣脱路松的怀抱，仰头望着他，严肃地说："老师要求一定要跟爸爸一起完成，还要拍视频。"

路松犯了难，就怕忙起来顾不上，但看到女儿期盼的眼神，还是点头答应了，不就陪孩子背诗嘛，能有多难？

"……予独爱莲之出淤泥而不染，濯清涟而不妖，中通外直，不蔓不枝，香远益清，亭亭净植……"

"吏不畏吾严而畏吾廉，民不服吾能而服吾公。廉则吏不敢慢，公则民不敢欺。公生明，廉生威。"

时光飞逝，这一个月来，无论多忙，路松始终记得与女儿的周五之约。

但今晚，他失约了。

禁不住发小的再三邀约，他赴了个饭局，认识的不认识的人坐了满满一桌。

酒酣耳热之际，路松的电话突然响了起来，是女儿拨过来的视频电话，只见女儿耷拉着小脑袋，边打哈欠边说:"爸爸,我困了,先把今天的作业背给你听。"接着径直背诵起来:"孔子曰:益者三友,损者三友。友直、友谅、友多闻,益矣;友便辟、友善柔、友便佞,损矣。"

路松有些晕乎的脑袋突然清醒了,他似乎明白了什么,赶紧向发小告辞。

回家后,他跟妻子嘀咕着:"什么时候小学三年级的古诗文难度这么大了?而且听着这内容不太对,意有所指啊!"

妻子意味深长地瞅了他一眼:"你可终于反应过来了,这可不就是为你量身定制的'家庭作业'么!"

原来,路松到了新的工作岗位后,着家的时间越来越少,问起来就说是在加班。一个多月前,有人说看见路松从一家私房菜馆出来,妻子的担心到达了顶点。

她跟家里的老爷子商量了许久,才有了这一项特殊的"家庭作业"。

"你记不记得爸曾经说过的话:'你的松是青松的松,不是放松的松'。"

"真是瞎操心!能成点事吗?还折腾老的小的,我那是加班后……"路松突然一顿,沉默了一会儿,"你把那'家庭作业'的视频发给我,我复习复习,得给孩子树个榜样,好好完成作业。"

夫妻俩相视一笑。

(林 霞)

# 老杨的"规矩"

"老杨同志，今晚无论如何要聚一聚，很久没有见面了，是你的关心和帮助，才让我今天得以进步！"钱光正给曾经的上司老杨打去电话。

"谢谢你一番好意，但我声明，这一餐饭，不能是老板请，也不能用公款请，这个一定要记住！"老杨还没有答应赴宴，就先立好了"规矩"。

钱光正爽朗大笑："你以为我如今当了局长，就忘了你老杨同志的'规矩'了吗？放心吧，我自掏腰包！"

盛情难却，老杨只得答应赴宴。老杨在纪检监察部门工作十多年，"讲规矩、明纪律"已经深深地渗入他的血液和骨子里去了，他眼里容不得一粒沙子。

到了听风轩，钱光正局长和何子明、江发添、秦海英等曾经的同事、好友都入席了。大家一致把老杨请进席中，向他问好，因为大家都知道，还有半年，老杨就光荣退休了。

这时候,老杨看到桌面上两瓶茅台酒,眉头一皱,说:"酒这东西,贪不得嘴,就像钱这东西,伸不得手!"

大家一听,马上就要进入老杨的"说课"时间,赶紧把酒拿了下去,何子明不好意思地说:"老杨同志,对不住呀!我家里只剩这两瓶年份酒,来的时候,想让大家尽尽兴,一时忘了你吃饭的'规矩'。"

老杨扫了一眼四周,又看到入门处一个袋子里装着两瓶"洋红酒"。大家看到老杨这眼神,又明白了是怎么回事。秦海英不好意思地说:"我儿子从外地带回来给我的,说是孝敬父母,我立刻拿走!"

老杨默不作声,提起桌子上的开水壶,给这些曾经的同事、好友逐一倒满了白开水。

钱光正局长带了个头,端起水杯,对大家说:"今天,我们就以水代酒,感谢老杨同志!我与老杨同志同事最久,最知道他这杯白开水的意义!"

何子明说:"我知道,这是叫我们干干净净地做人,像白开水一样透明干净。"

秦海英说:"我知道,让我们不要忘了白开水虽无味,却一辈子也不能少。"

钱光正笑了,他说道:"以前,我与老杨同志一起上班,他每天早上都要给自己倒一杯白开水。他倒了开水后就说:'君子之交淡如水,小人之交甘若醴。'他经常对我说,平平淡淡就是真,干干净净就是福,不卑不亢就是好。一个人这一辈子啊,最好的交往就是有规有矩、守规守矩!"

老杨欣慰地说:"这话朴实,却管用!我就要退休了,你们还在岗位上,记得这句话,不用请我老杨吃饭,我也觉得高兴!你们说,什么才是快乐的?怎么才能永远保住快乐?干净干事,干些实事,就是快乐的,清清爽爽交往,守住规矩办事,才能够永远保住快乐!规矩抛到脑后,奢靡搞铺张,这是祸,不是乐啊!"

"我们永远记得。"今天的"无酒宴",大家都很高兴。随即,众人一起举起装着白开水的杯子,向老杨致以深深的敬意。

(陈谊军)

# 别样的温情

周日晚上,难得清闲,某县纪委监委纪检监察室主任秦可明正坐在沙发上与家人悠闲地看着电视。

"嘟嘟嘟……"手机突然响了起来,秦可明拿起手机一看,是老同学欧阳诺打来的。

只听他说道:"老秦,一段时间没联系了,最近怎么样呀?今天找你有点事。"欧阳诺也不兜圈子,直奔主题:"我在上一个单位担任主要领导的时候,由于管理疏漏,导致一个民生项目迟迟未能落地,前几天县纪委下来督查发现了这个问题,不知道后续会怎么处理,想请你帮忙问问,也不是什么大问题,看看是否可以不要追究了。"

这种情况,这些年来,秦可明可没少遇到。一般情况下,他都会立马回绝,可是对好友欧阳诺却狠不下这个心。

他想起年少的时候,有一天和老欧一起去上学,半路上自己爬树,哪知树枝突然断裂,就在掉落之际,老欧情急之下伸出双手接住了他。最后他幸免于难,可是老欧却因用力过度,拉伤了右手韧带,落下了病根,直到现在,还偶有痛感。

可以说,老欧是自己的救命恩人,对于他的请求,断然回绝会不会显得自己太过冷漠,没有人情味?但是,作为纪检监察干部,严守纪律是自己必须坚守的底线。这一次,秦可明很纠结。

他回想起多年前,自己刚入职成为一名纪检监察干部时,就感受到这份工作的神圣和高尚,暗暗告诫自己,一定要干好这份自己热爱的工作。他勤奋努力,很快便成为单位的办案能手。可随之而来的,也有苦闷和委屈,办案的压力、人情的干扰、亲戚朋友的不理解等,他都顶了下来。就在自己出色地完成一个又一个案件查办的过程中,不知不觉,他发现身边的一些朋友疏远了自己,更有甚者在路上遇到会假装视而不见;还有一些人即便有来往,也会时不时地在自己面前说些诸如"纪检干部不可高攀"之类的话让人尴尬。渐渐地,身边的朋友变少了,自己的交际范围也没有之前那么广了。"道不同不相为谋,朋友不在多而在合",多年来秦可明如此宽慰自己。

可是,欧阳诺毕竟不同。他们多年来一直保持着珍贵的友情,而在此之前,欧阳诺从未要求秦可明帮自己做过什么。该怎么办呢,要不要帮忙?秦可明依然纠结。

夜深了，睡在一旁的妻子察觉到秦可明的异常，便轻声问道："老秦，怎么了，是有什么事吗？"秦可明便向妻子说明了原委，末了问道："如果不给老欧帮忙，会不会显得太冷漠？别人会不会说我们纪检干部一点温情都没有？"

妻子想了一会儿，柔声说道："有一次我下村去扶贫，路过村口的时候有几个群众在聊天，当时我听到他们说，这几年纪委的工作做得好，因为管得严，村干部现在不敢腐败，能实实在在地开展村里的工作了……可以这么说吧，以纪肃正、治病救人就是你们纪检人的温情，只不过它是以一种特殊的方式传递出来，懂的人自然会懂。别想太多了，快休息吧！"

"懂的人自然会懂"，秦可明心里默念了一遍妻子的这句话，感觉豁然开朗。

他立即拨通了欧阳诺的电话："老欧，我要对你说的是，任何时候都不要害怕和回避错误，要实事求是地说明情况，至于如何处理，请相信组织的决定！"说完后，秦可明长长地舒了一口气。

（刘秀娟）

# 动　摇

忙碌了一天的陈局长终于有了一丝喘息的时间，可躺在床上的他怎么都睡不着，脑海里不断涌现出许多事来……

妻子已经病了大半年。在妻子生病的这段时间里，他尽心尽力地照顾她，就盼着她快点好起来，一家人能像从前一样开开心心地生活。可是，这几天他总觉得有些疲惫，心里有种说不出的感觉。脑袋晕乎乎的，翻来覆去怎么都睡不着，眼前不停地浮现出沈小姐笑意盈盈的脸。

局里最近确定了一个建设项目，这个项目是很多建筑公司都想拿下的工程。在积极准备投标的同时，一些实力不强的公司为了拿到项目，在背地里想尽各种办法接近陈局长。陈局长婉拒了很多亲朋好友的各种邀约，特别是找他吃饭的，更是一一拒绝了。

就在上周，陈局长在下班的路上，被一个好朋友堵住了，硬拉着他去吃饭。他实在推脱不过，只好去了。当时在场有许多人,其中一个就是沈小姐。

沈小姐是本市沈氏建筑有限公司的项目经理,也是公司老总的侄女。

本以为是个鸿门宴,没想到席间没人提工程的事,都只是聊聊天唠唠嗑。沈小姐热情大方,进退有度,给他留下了很好的印象。

陈局长有晨跑的习惯,每天早晨都会绕着公园跑几圈。自从吃完那顿饭以后,陈局长每次晨跑都会遇上沈小姐。开始陈局长也怀疑,沈小姐是不是另有所图,所以一直提防着她。可跑了几天也没见她提其他事,他也就慢慢地放下了戒备之心,甚至开始期待起第二天和沈小姐的相遇。沈小姐的出现给陈局长的晨跑之路增添了一抹不一样的色彩。

这天下午,陈局长接到了沈小姐的电话,电话里悠悠地传出沈小姐温柔含情的声音。她说了很多关心他的话,话里话外都透露着对他的倾慕,并暗示如果能拿下工程项目,他可以拿到一笔钱给妻子治病。他明白沈小姐的意思。

这么多年来,他从来不拿不义之财,也没有做过对不起妻儿之事,按理说,这件事也应当拒绝的,可他却犹豫了。脑海里不断地翻滚着各种可能性,妻子和沈小姐的身影交替出现在他的脑海里。

## 动　摇

一晚，某高级会所包厢里，沈小姐正等着陈局长。看到陈局长进来，沈小姐便笑盈盈地迎了上去，温柔地请他坐在沙发上，并微笑着拿出一个牛皮纸袋说："这是给您妻子治病的钱。"他看了一眼，里面赫然躺着五沓厚厚的钞票。

"这钱我可拿不得。"陈局长吓了一跳，连忙推开。

沈小姐又把钱推到他面前说："看把你吓的，这事只有你知我知，不会再有第三个人知道，你就放心吧。"听了这话，他犹豫了一会儿，就没再推脱。

正当他准备伸手拿过纸袋的时候，门"咣"的一下被撞开了，四五个人冲了进来。

"你涉嫌受贿犯罪，跟我们走一趟吧！"声音从身后传来，他吓得一身冷汗，转头看去，妻子正抱着儿子与一位老纪检站在门外看着自己。

陈局长猛然惊醒，心脏"砰砰砰"地快速跳动着，额头上全是冷汗。他坐起身来，用手用力地搓了两下脸，心有余悸地想：还好这只是个梦！

这时身旁的妻子也醒了，关切地问他怎么了，是不是太累了？他没有说话，只是温柔地把妻子抱在怀里，心里默默地想，一定要对得起党交给自己的使命，对得起妻子和儿子，不能有任何的动摇。

（周凌旭）

# 家　风

　　石头和二娃是发小，从小一起上学、一起放牛、一起打架，感情颇深。二娃头脑灵活、能说会道，而石头则相反，一根筋、老实本分，话也不多。读书时二娃特别会投机取巧，从小学到初中二娃的作业都是抄石头的。后来，二娃中专毕业后被分配到县城一所小学教书，石头大学毕业后顺利到县财政局工作。

　　刚工作那几年石头和二娃还经常联系，每逢周末石头都会找二娃打球、喝酒。有一次二娃找到石头，说学校校长让他帮忙在资金项目审批上给予关照。石头断然拒绝。

　　"这个项目涉及我的前途，你也不帮？"二娃略带怨言。

　　"这样换来的前途你不要也罢！"石头理直气壮地说。

　　"既然这样，那我们的兄弟情就到此为止！"二娃瞪着石头激动地说。因为校长答应他，如果能争取到这笔资金，教务处主任的位置就是他的了。他太想当这个主任

## 家 风

了,当上主任他才能有面子、有底气去女朋友家提亲。他原本以为,这资金审批本就是石头分内的工作,这笔资金给哪个学校都是给,只要石头稍微关照一下,一定不是难事。可没想到,石头那么拧。

石头二话不说转身就走了。后来,二娃又去找过他几次,他都拒绝了!从此以后,二娃就和石头断绝了往来,回老家照面也不打招呼。村里人知道这件事后,都怨石头无情。父亲却对石头说:"你做得对,做人做事都一样,都要有原则。"

多年后,石头当上了财政局局长,二娃也当上了校长。刚开始那几年,亲戚朋友们都喜欢往石头家里钻,送鸡、送蔬菜、送水果。后来,时间长了,人们却发现,去石头家的人越来越少,而去二娃家的人越来越多,只要二娃一回老家,他家就高朋满座。听母亲说,二娃利用手中的职权,经常让学生家长帮忙做事情。村里亲戚朋友让帮的忙,二娃都乐此不疲。

"爸爸,校长是不是比局长的官大?为什么大家都喜欢去二娃叔叔家送东西?不来我们家呢?"十岁的儿子小飞满脸疑惑地问石头。

石头想了想回答:"咱不比这些。以前爷爷告诉爸爸,要讲原则,现在爸爸再给你加一条,除了要讲原则外,还要有品行。"

小飞似懂非懂地点点头。

这年再回老家过春节时,二娃家一反常态的冷清。石头经过时,长长地叹了一口气。

小飞似乎看出了端倪,问道:"怎么今年没有人往二娃叔叔家送东西了?"

石头说:"以后应该都不会有人送了。"

"为什么?"小飞穷追不舍地问。

石头想说"你二娃叔叔进去了",话刚到嘴边,又咽了回去。

十多年后,小飞加入了纪检监察干部队伍,有一天在审阅案卷时,忽然看到一个受贿人的家庭基本信息上,其父一栏写着"二娃"。

小飞感慨良久,忽然明白了父亲多年前说的"讲原则,有品行"六个字的深刻内涵。

(彭　娜)

# "签　单"

谁都没想到,老实巴交的李明竟然当上了县政府接待办主任。

李明除了为人老实,还是个典型的"妻管严"。妻子什么都好,就是有点"大嘴巴",李明的任职文件早上才发布,她中午便在微信朋友圈大肆宣传,不到一小时,竟获得一百多个赞。

被提拔本来是喜庆之事,但李明的烦恼接踵而至。妻子的亲戚、同学、闺蜜纷纷前来祝贺,免不了要请吃饭。更有甚者,她与朋友聚餐或同学聚会,酒足饭饱后就给李明打电话,原因只有一个:李明是接待办主任,可以签单。不到一个月,经李明签的单,竟超过两万元,他苦不堪言。

一日,在妻子招待朋友的饭桌上,李明趁着酒劲掏心窝:"你们真以为我能随便签单?中央出台八项规定之后,我们接待都是有严格规定的。"

"你老公怎么了？上一任接待办主任周东，也就是李丽的老公在任时，李丽可没少招待我们吃吃喝喝，哪单不是她老公签的？"妻子的闺蜜小楠不满地说。

"李丽当时可没少带我们下馆子吃饭，饭后还去KTV，她老公不知道帮签了多少单呢！"妻子的闺蜜小夏附和。

"我就这么几个闺蜜，不就吃几餐饭……至于吗？"妻子板着脸，面色不悦。

李明只好无奈地闭了嘴。

"县政府接待办原主任周东涉嫌严重违纪违法，目前正接受县纪委监委纪律审查和监察调查。"一个月后，一则通报让躺在沙发上刷手机的妻子惊跳起来，连忙冲进书房找到正在加班写材料的李明。

"周东怎么了？为何被纪委调查了？"

"因为违规接待及其他违纪违法行为，他被纪委监委立案审查调查了。"

"那之前你签的那些单，该怎么办？要不，我们去自首吧……"

看着脸色发白、说话颤抖、不知所措的妻子，李明拉开了书桌抽屉，拿出一沓夹好的餐票，都是几个月来妻子招待亲友的，还有一张张银行信用卡刷卡小票。原来的所谓"签单"，竟是李明自己"买单"。

看到这一沓一沓的餐票，妻子羞愧地涨红了脸，内心却又感到无比的庆幸。

（吴群师）

# 硬　气

李局长在局长位置上十多年了，一身正气，两袖清风。可他那不成器的儿子，大学毕业后一直找不到工作。李局长不是没能力管儿子找工作的事，而是他压根儿就不想管。人们只要提起这事，他就会用一句"儿孙自有儿孙福，莫为儿孙做牛马"来搪塞他们。

最近，局里的吴副局长退休了，上级授意李局长，要在本局几个科长中提一个上来。通过几个月的酝酿和民主推荐，大家一致推荐由张科长上。

李局长的威望高，那都是他平时能听取群众意见，做事民主。这次大家一致推荐张科长，他当然要听，这是他的一贯作风。看来，张科长成为副局长已是板上钉钉的事，就差走程序了。

这时，李局长发现自己儿子最近老不着家。"你最近咋了，工作没找到还老往外跑？"一天晚上，李局长问儿子。

"谁说我没找到工作，我已经在长隆贸易公司上班了，有时还要到别的城市出差呢！"

"你凭自己本事找的？"李局长感到很意外。

"如今这社会，没人扶一把、送一程能上路吗？要不是你们单位那张科长——张叔叔帮我引见长隆贸易公司的马经理，想进那公司，门都没有。"儿子不屑地说道。

第二天，张科长升任副局长的程序中止了，李局长的儿子也被公司解聘。

消息传出来，大伙都不理解！

在一次党员民主生活会上，李局长说："我知道大家选张科长上，那都是爱屋及乌。但大家忘了吗？我们共产党人的威信是怎么树立起来的？打铁必须自身硬啊，你们那样做不是陷我于不仁、不义、不公的境地吗？"听到这话，会场一片肃静，鸦雀无声。过了一阵，全场突然爆发出雷鸣般的掌声。

（宋　劲）

## "别样"的寿宴

八十大寿要大办——这是牛厅长家乡的风俗。

下个月就是老爷子的八十大寿,牛厅长为宴席的事情发愁了。

牛厅长家人本想劝父亲一切从简,老爷子却气呼呼地说:"你看看全村有谁能培养出厅长级别的子女,我好不容易八十大寿,必须要按照风俗办,你不帮我办,我自己弄!"

牛厅长一听,彻底没辙。

这天,牛厅长下乡暗访,看到基层的养老院和乡镇小学的伙食条件都不是很好,回到办公室后他一直牵挂着这件事,又想到老爷子还要大操大办寿宴,心里一阵酸楚。忽然,他灵光一闪……

他急忙拨通老爷子的电话:"爸,您八十大寿我帮您'好好'操办。"接到电话的老爷子心里美滋滋的。

眼看着寿诞越来越近,却不见儿子有动静,老爷子着

## "别样"的寿宴

急地问:"儿呀,我那个寿宴你操办得怎么样了,你该不会骗我吧?"

"爸,已经按照您的要求准备了,八十桌酒席而且不拒礼。"牛厅长耐心安慰着老爷子。

寿宴这天,牛厅长早早接上父亲直奔寿宴现场:"爸,您这个生日将会过得非常有意义。"老爷子连说了几个"好"。

一下车老爷子脸色顿时"晴转阴",这不是养老院吗?牛厅长一看老爷子脸色不对,忙一边扶他进门一边解释道:"爸,您看,您八十大寿的宴客就是这些老人家和学生,连摆三天,为老人和学生提供免费的午晚餐,我把养老院旁这两个小学的学生都请过来了。"

老爷子一脸不解。

"从小您就教我做人不能忘本,要做一个对社会有用的人。这几年养老院和小学的条件很艰苦,所以我擅自把您的寿宴摆在这里,一来是能按照家乡的风俗操办,二来能借您的大寿做一些对父老乡亲有意义的事情,一举两得。"

老爷子脸色慢慢缓和下来。

"您想啊,如果今天我真的按照您的要求,宴请四方,不但违犯了党纪,而且那些想'围猎'您儿子的人不就有机可乘了吗?我当多大官都是人民的公仆,走多远都不能忘记党纪国法啊。"

老爷子面露愧色。

牛厅长指着旁边的祝寿字画说:"爸,这些是大家伙儿诚心诚意亲手为您制作的,都是送给您的贺礼,您看您同龄的老人家哪个有这样'海纳百寿'的福气呀。"

学生拿着自己制作的寿字和寿画将老人围着,争先恐后地祝他"福如东海,寿比南山"。

老爷子看着"儿孙绕膝",瞬间眉开眼笑:"好!那寿宴就开始吧,别让大家久等了。"

(赖依枫　文庭庭)

# 王局长的病

王局长病了,体检的时候查出来的,还是那种不可能治好的病。全局都知道了这件事,有人高兴,有人愁。有的人高兴是因为如果王局长走了,局里"一把手"就有望落到自己头上;有的人愁是因为王局长接下来不知道要怎么折腾自己。全局上下都知道王局长是出了名的坏脾气,局里上至副局长,下至搞卫生的阿姨,谁都被他骂过。

确诊后,王局长一天假都没休,周一就来上班了,来得还特别早。

最先见到王局长的人是准备去接他的司机小张。他知道局长今天要来上班,特意起了个大早,谁知刚准备出发,王局长已经来了。小张吓得半死,知道今天肯定要挨骂,赶紧下车准备道歉,还没等他开口,就听到王局长说:"以后不用去接我了,我要走路上下班。"小张一听,更是吓出了一身汗,赶紧解释:"局长,我……"谁知王局长竟满脸笑容温柔地说道:"小张,别紧张,我就是想锻炼一下身体。"此时,小张心里更加紧张了。小张紧张的原因有二:第一,王局长最讨厌走路,平时从食堂到办公楼都必须接送,为这事小张没少受罪;第二,王局长对他说话从来都是吼,从来没有过好脸色。这还是那个人称"活阎王"的王局长吗?

清洁工张婶是第二个见到王局长的。这天,张婶正准备打开王局长办公室门的时候,王局长来了。张婶吓得钥匙都掉到了地上,心想:完了,一百块钱没了。这是王局长定的规矩,如果他来上班了,办公室的卫生还没搞好,扣工资一百元。为这破规矩,张婶在背后没少咒骂王局长。张婶吓得赶紧解释:"局长,我……"谁知王局长竟然满脸堆笑温柔地说道:"没事,以后办公室的卫生我自己搞,你不用管了。"张婶听后愣在原地,这还是那个王局长吗?半天不敢相信,局里谁不知道他对下属"苛刻"得要命。

第三个见到王局长的人是办公室主任小吴。他来请示王局长这周的会议安排。小吴认认真真看了看笔记本上密密麻麻写着的大大小小的事,这些都是需要王局长开会决定的。今天他比往常显得更加仔细,因为他最了解王局长的脾气,况且现在王局长是病人,更加难伺候。可是今天,还没等小吴开口,王局长就满脸笑容温柔地说道:"你把其中最重要最需要上会的事情告诉我即可。"小吴听后,却一点都不敢大意,赶紧汇报:"楼道要换三盏灯,厨房要添置二十个碗,文印室需要添一台复印机……"王局长拿过小吴的笔记本看了看说:"这都是一些小事,不需要开会来讨论,你能决定的就你决定,你不能决定的,就找分管领导决定。"小吴简直不敢相信,这还是那个一周开十多次会,一次会议起码要两个小时的王局长吗?

第四个见到王局长的人是写材料的小杜。他熬了一个周末写了五千多字的汇报材料,现在要赶紧给王局长过目。王局长看了看,满脸笑容温柔地说道:"你写了这么多年的材料了,你定就好。我大致看了一下,没有什么需要改的。还有,这其中空喊口号的内容就删了吧。"小杜呆呆地站在原地,这还是那个每份材料都要喊半天空口号,绝对要挑刺让他改个七八遍的局长吗?

王局长变了,这是全局所有人都知道的事。有人高兴,有人愁。有的人高兴是因为会议越来越少,工作效率越来越高了;有的人愁是在局里光靠拍马屁已经混不下去了,毕竟有病的王局长现在看中的是个人的能力和实力。

到了年终,这个局破天荒地被评上了优秀。王局长到局里当"一把手"七八年了,这还是第一次被评上优秀。

开年终总结大会时,王局长坐在主席台上说:"我得病了,这是大家都知道的事。不过,我身体得病,却还不知道自己心理有病,并且还病得不轻。我以前对待工作,是得了形式主义病;我以前对待同事,是得了官僚主义病;我以前对待下属,是得了摆官架子病。感谢这次身体的病,拯救了我心理的病。最后,告诉大家一个好消息,上回医院的体检结果是误诊。我就讲这么多。祝大家工作顺利,散会。"

王局长没有得病,有人高兴,有人愁。

(廖伟均)

# 父亲的"门路"

这年头,靠天靠地都没用,关键时候,还是要靠自己。万事不求人,这是老李最信奉的原则。

只是为了自己的儿子,老李却要去求人找门路了。

小李大学毕业两年了,一直没找工作,就待在家里备考公职。好不容易今年进面试了,这可是个喜事,但录取名额有限,奈何自家一点门路也没有,盘算了一圈,老李家的三姑六婆里也找不到一个芝麻绿豆大的官。苍天真是不公平,面对残酷的现实,只能眼巴巴地看着别人纷纷找门路,小李如斗败了的公鸡,吃饭不香,睡觉不甜,整天在家长吁短叹、萎靡不振。

老李看在眼里,急在心上。

这天吃过晚饭,老李神秘地对儿子说:"别看你爸一年四季在田间地头和泥巴打交道,要找门路的话,一般的不找,要找绝对找最硬的!"

看着儿子疑惑不解的神情,老李转过头来指着电视屏幕上正作工作报告的陈市长说:"陈市长是我的老熟人。你信不?"

老李告诉儿子:"时间过得真快,转眼二十多年过去了,当年陈市长还是工地上的一名技术员。恰逢村里搞水库工程建设,那天在工地上,一块大石从高处滚落下来,是爸在紧急关头扑过去将陈市长推到一边,陈市长才躲过一劫。"

听到父亲这么一说,小李马上来了精神,没想到平日连县城也难得去一趟的父亲竟与市长是老熟人,而且还是市长的救命恩人。

老李再三叮嘱儿子这件事绝对不能对任何人讲。

天刚蒙蒙亮,老李捉了两只土鸡,装了两瓶蜜糖进城找陈市长去了。

从市里回来后,老李满脸笑容:"儿子,陈市长满口答应了,他说只要你做好准备,谁也不敢把你刷下来。你安心备考吧!"小李疑虑全无,心里十分高兴,一门心思做复习准备。

皇天不负有心人。小李以总分第二名的成绩被择优录取为公务员。

去报到的前一天,老李提着在小河里抓的二斤多泥鳅和一大篮土鸡蛋,说是去答谢陈市长。

自从知道了父亲跟陈市长这层不寻常的"关系",小父亲的"门路"

李心想着可不能给父亲丢脸,从此工作起来也格外卖力。

这天,小李突然接到表姐的电话,刚接通就听到表姐的大嗓门直嚷嚷道:"之前姨爹进城卖的泥鳅和土鸡蛋真不赖,还有没有,下次还得再给我留点!"

听到这儿,小李半天没回过神来,耳朵里也听不清楚表姐的声音,眼前晃动着父亲和陈市长的身影。

当晚吃饭时,小李询问父亲找门路、送礼物、卖泥鳅和鸡蛋的经过。

老李吁了一口气,说出了实话:"那阵子,爸看到你情绪低落,整日唉声叹气,就知道你头脑迷乱了,大道理爸不会说,只好想了这个不是办法的办法来。你别怪爸,爸这一辈子啊,从来都相信一个道理,人只有靠自己走正路,才能走得远啊!"

小李听到父亲的话,不住地点头落泪……

(钟 磊 尹楚皓)

# 白玉马

夜幕降临,某县住建局局长潘国强的老婆龚爱莲和女儿薇薇坐在饭桌前等他下班回家吃饭。

"都快8点了,老爸怎么还不回来?我肚子好饿!"薇薇有点不耐烦。

"你肚子饿了,就先吃,你爸应该很快就回来了。"由于潘国强最近工作比较忙,龚爱莲习以为常。

话音刚落,门开了,潘国强一手提着公文包、一手拿着一个大箱子急匆匆走进家。

"刚参加完市里一个重要会议,回来晚了。"潘国强一脸歉意。

"这么大一个箱子,你买了什么东西?"眼尖的龚爱莲问道。

"不知道,下午才收到的快递,不知道是谁寄给我的。"潘国强放下大箱子。

"老爸,快打开看看是什么东西。"好奇的薇薇立马从凳子上跳下来。

"哇,好大一匹白玉马,色泽晶莹剔透,造型栩栩如生,这是谁寄的呢?"潘国强打开箱子后满眼放光。

三个人围着白玉马,左看右看,没看出什么名堂。

"看看下面写了什么没有。"机灵的薇薇拿起白玉马,"你们看,底座上面好像刻有字。"

三人凑近一看,只见上面刻有八个字:马到成功　锦绣前程,落款:李昌隆敬上。

"李昌隆啊,他是县里昌隆房地产公司的老板。前不久县里棚户区改造项目招标,他们公司中标了。这小子还挺识时务的,送我一份大礼。"

"他送你大礼,难道是因为他们公司资质不够中不了标,你给他走了后门?"龚爱莲反问道。

"没有,绝对没有。他们公司中标都是按规定流程办的,并且请专家联合评审,上级部门批准同意的。他送我白玉马兴许就是表示感谢。"潘国强自信满满。

龚爱莲坚决地说:"那也不能收,必须退回去!"

"东西都拿回来了,又没有其他人知道,我们把它卖掉,就能解决薇薇去美国夏令营的费用,你不是老说我赚得少吗?"潘国强笑嘻嘻地说。

龚爱莲气得说不出话来,坐在饭桌旁不想吃饭。这时聪明的薇薇打破了僵局:"爸妈,我给你们讲个国学故事吧!"

"东汉时,杨震调任东莱太守,途经王密担任县令的昌邑。因王密才华出众,杨震曾向朝廷举荐王密为昌邑县令。晚上,王密前去拜会杨震,并从怀中捧出黄金送给他。杨震拒绝:'我了解你的为人,你却不了解我的为人,这怎么可以呢?'可是王密还坚持:'三更半夜,不会有人知道的。'杨震说:'天知,地知,我知,你知!你怎么可以说,没有人知道呢?'王密顿时满脸通红,赶紧像贼一样溜走了,消失在沉沉的夜幕中。"

薇薇讲完故事还加了一句:"语文老师宋老师告诉我们,杨震是一位廉洁自律的清官,我们都应该向他学习,爸爸您说是吧。"

听了女儿的一番话,潘国强心里五味杂陈。平时自己都是廉洁奉公、安分守己,还经常教育女儿做一个正直善良的好孩子,如今怎么能为了一匹白玉马丧失自己最为宝贵的品质呢?

"你们放心,我要向杨震学习,明天一早就把白玉马登记上交。"潘国强一脸认真。

看着饭桌上并不丰盛的菜肴,一家人露出了开心的笑容,津津有味地吃起来。

(段俊杰)

# 三喜临门

"哥俩好啊,四季发啊,六六顺啊……中了中了,喝酒!"阿军举起酒杯,咕咚咕咚一饮而尽。今天是阿军三喜临门的日子,大家都非常高兴,猜码、喝酒以示庆祝。

阿军从一贫如洗到现在,想有的都有了,有些出乎意料,但也在情理之中。阿军家一直是我帮扶的对象之一。

我初次去扶贫时,是在一座墙体已经严重剥落的很破旧的砖瓦房前见到阿军的。那一天,他穿着邋遢,嘴里正吧嗒吧嗒地抽着烟,时不时吐出一口长长的青烟。我走过去问他:"兄弟你好,这里就是覃大军家吧?"

他不冷不热地答道:"对,我就是覃大军,请问有什么事吗?"

我说:"我是你的帮扶干部方老师,今天第一次上门,就是想了解一下你的家庭情况,看一下你家有什么困难,适合什么帮扶措施,尽快实现脱贫致富。"

阿军听说我是他的帮扶干部,显得热情了许多,忙说:"进家里来坐坐吧。"

我们一起进到了屋里,找了两张矮凳子坐下,继续聊了起来。阿军长叹一声说道:"方老师啊,我怕是扶不上墙的泥巴了。你看我家这房子这么破烂,老婆也因受不得苦,和我大吵了一架,丢下两个孩子负气出走了。家里现在上有老下有小需要照顾,出去打工赚钱也不行,你说我怎么脱贫啊?"

我鼓励他说:"兄弟,别灰心,我们帮扶干部就是来帮助脱贫的。你有什么困难,有什么想法?说来听听。政府出台那么多的脱贫致富政策,总有一个适合你吧?"

阿军听我这么一说,就试探着问:"我想要一套房子,一份能养家糊口又能兼顾家庭的工作,行吗?"

我略加思索,然后拍拍他的肩膀说:"这个其实也不难,关键在你自己,只要你敢做真做!我试试看,过段时间我联系你。"

回来之后,我一直冥思苦想,再次认真查阅各项扶贫政策,又到乡镇政府、村委会寻经问道,也不知跑了多少回,终于有眉目了——先帮他申请迁入县城附近的易地扶贫搬迁安置房,然后经过专业技能培训,在安置房附近择岗就业。我把我的想法告诉了阿军,他非常激动,说要是能得到易地搬迁安置房当然好了。于是,我们一起填表,复印证件、资料,等候消息。

一个多月后,村委会通知说有机会去抽房了。抽房那天,两百多号人一起排队抽签。抽完签,村支书大声地宣布抽中的贫困户名单:"蓝世发、莫有财……"抽中的无不欢天喜地,没有抽中的个个唉声叹气。名字念完了,没有阿军,阿军长叹了一口气,怨自己没有那个命。我也很难过,但还是安慰他说:"别灰心,这次不行,我们下次继续争取。你参加的那个技能培训班要坚持下来,党和政府不会丢下我们不管的!"

又苦等了半年,终于等到了第二次抽房的消息。那天,到村委会参加抽房的贫困户个个满怀期待,我和阿军也一样。大家抽完签,村支书宣布抽中的贫困户名单:"覃财宝、覃大军……"嘿嘿!终于抽中了!阿军情不自禁地握紧了拳头,脸上露出了久违的笑容,激动得好像中了百万大奖。我也很激动,并向他表示祝贺,心里的那块石头总算落了地。

转眼一年多过去了。一天,阿军来找我,他说准备搬进新房了。他还欣喜地告诉我,他通过政府给贫困户提供的贴息贷款及廉价的门面出租政策,在安置房那里开了个装修店,还没有正式开业就有很多人来找他下单了。他打算在搬进新房的同一天举行开业仪式。他说我帮他那么大的忙,无论如何要赏面光临。阿军说完给我递过来一包糖饼和一本请帖。

我打开请帖，掉出一个大红包，吓了一跳，说："兄弟啊，你这是什么意思啊？"阿军说："方老师，这几年你忙前忙后的，帮我办了不少事，光车油钱就花了不少，我实在过意不去，没有别的意思！"我严肃地说："胡来，那是我分内工作。喜糖和请帖我收下了，这个（红包）你拿回去！"我硬是把红包塞回他兜里。

这时，阿军的眼睛有点红了，动情地说："天大地大，不如党的恩情大；千好万好，帮扶干部作风最好！"

阿军搬入新房和装修店开业的大喜日子到了。那天，阿军穿着一身帅气的西装站在新房楼前迎接客人，站在阿军身边一同迎接的还有一位穿着红色礼服的美女。

我赶紧迎上前去，向阿军道喜，开玩笑地问道："兄弟啊，今天是入新房和开业之喜，还是新婚之喜啊？"

"都对，都对！"阿军笑呵呵地说，接着侧过身给我们介绍了身边穿红色礼服的美女，"这是孩子她妈，又回来了！所以今天既是入新房和开业的大喜日子，也是我和老婆破镜重圆的大喜日子！今天特别高兴！请上楼，喝酒，一醉方休！"

屋外炮声阵阵，屋内笑声连连，大家纷纷举杯向阿军一家表示祝贺。阿军的新房有了，装修店开业了，老婆也回来了，真是一个大喜的日子！趁着酒兴，我对阿军说："兄弟啊，今天是你大喜的日子，我也没有带什么好的礼物，就现场为你写一副对联助兴吧！"众人纷纷附和："好好好，方老师可是位大书法家，露两手给我们看看！"大家帮着倒墨铺纸，我借着酒兴壮胆，也不客气了，大笔一挥，上联是：炮声笑声祝福声声声入耳；下联是：房子铺子娇娘子子子归军。横批：三喜临门。

（覃云峰　樊　刚）

# 闹乌龙的礼品袋

"月圆中秋,人圆月下。永恒金饰送给你最真情的相逢。"宁灵街上,高音喇叭循环播放着广告词,一位销售员正忙着给过往的行人送上宣传赠品。永恒金饰是B市最大的首饰店,价格十分昂贵,可以说,只要戴上有永恒金饰logo的饰品,就是有钱人的象征。

"梁组长,今天我们出发到最远的石头村是吧?我先回办公室交个材料,马上到!"驻村干部小谢一边打着电话,一边从宁灵街疾步走过,装满材料的文件袋不堪重负,偏偏在此刻底部破了一个大洞。

"先生,您抽空可以到我们店里看看新上架的中秋主题首饰,这是我们的赠品。"销售员笑容可掬地给小谢递上一个包装精美的礼品袋,里面轻飘飘的,无非是一张宣传单、一把印满电话号码的小扇子。不过,这个礼品袋可帮了小谢的大忙,小谢赶紧将材料腾到礼品袋里,急匆匆地往市纪委办公楼奔去。

## 闹乌龙的礼品袋

办公室里空无一人,小谢突然想起来今天要开室组联合讨论会议。我先将材料放到文件柜里锁好,应该没问题吧。小谢心想着。

此时,手机传来一阵铃声,是梁组长来电话催促下乡了,小谢来不及多想,锁好文件柜后,便匆匆离开办公室。

小朱先回到了办公室,准备从文件柜取出U盘,突然发现了这份包装精美的礼品。金光闪闪的礼品袋上,印着大大的永恒金饰logo,把小朱吓了一跳,这么贵重的礼品,怎么会出现在这里?

小朱稳下心神,也许是美女同事小罗收到的节日礼物吧,别人的东西,还是不要擅自挪动为好。小朱一边想着,一边拿着U盘离开了办公室。

过了几分钟,小罗也回到了办公室,打开文件柜正想取出日常工作文件夹,礼品袋再次见光。小罗愣了一下,慢慢盘算着这份礼物是谁的可能性更大。她想起来,刘主任有一天从她身边经过,嘴里还嘟嘟囔囔地小声说着"尽力吧,我尽量安排下"。再加上,办公室里就只有小朱、小谢、自己和刘主任,小朱、小谢和自己都是普通干部,谁会给普通干部送礼呢?那这肯定是别人送给刘主任的。想到刚入行时刘主任对自己的谆谆教导,小罗突然觉得喉头发涩,有点难受。

刘主任这时也回到了办公室,看着小罗怔怔的样子,取笑了一句:"小罗,怎么啦?中秋没吃上月饼,肚子饿啦?"

小罗点点头,没有说话,她内心饱受煎熬。一方面,刘主任是她的师傅,带她从一名新兵蛋子变成现在的业务骨干,她内心充满了对刘主任的感激;另一方面,她又不忍心看着刘主任的形象一点点坍塌。作为一名纪检监察干部,首先要做到忠诚、干净、担当,感情再好也不能对违纪行为视而不见,想起这几年一起加过的班、熬过的夜,工作中刘主任对她的宽容鼓励,小罗实在忍不住了,从文件柜里取出礼品袋,正准备劝刘主任物归原主时,小朱恰好回到了办公室。

这时场面变得有些尴尬。小朱瞪大了眼睛,指着礼品袋大喊:"小罗,你你你你……怎么能向主任送礼呢?"

刘主任也被吓了一跳:"小罗同志,大家都是好同志,有话好好说,不要搞这么危险的动作。"

小罗迷糊了:"主任,这不是我的呀。我其实上次都听到您说尽力安排了,文件柜就咱们几个有钥匙,只有您是领导,您才能做到尽力安排这类事,这肯定是别人送给您的。"

刘主任解释道:"哎呀,闹误会啦!那段时间咱们天天加班,我抽不开身,偏逢小女儿参加校运会,妻子让我一起去为小女儿加油呢！我只能安慰她，尽力安排一下。"

话音刚落，小罗和刘主任狐疑地看向小朱，小朱连忙摆摆手："不不不，这礼物肯定不是我的。"

这么可疑的一份礼品，为何会出现在办公室呢？刘主任和小罗、小朱，你看我，我看你，一时间大家都没了头绪。

这时，一阵电话铃声打破了安静。小罗拿起听筒，小谢那大嗓门就从电话那头传来："喂，我是小谢，我今天早上在咱们办公室放了一套材料，文件袋破了，所以用了个礼品袋装着，放在文件柜里挺显眼的，查收一下。"

听到这话，小罗悬在半空的心放回了肚子里，暗暗松了一口气。刘主任气极反笑："这臭小子！"小朱更是露出一副无语的表情。大家啼笑皆非，却又如释重负，这个分量不重的礼品袋，里面装着的不仅仅是沉甸甸的责任，还有纪检监察干部不容玷污的初心和使命。

（苏文琪）

# 走错门

"这间局长办公室被施了魔咒,两任局长都在这里被带走,李局您还是换一间吧。"县工信局的吴主任对新来的局长李淳说道。

李淳摆了摆手表示拒绝:"我偏不信这个邪!"

刚到办公室坐下,门口探进来一个小脑袋,神情略显不安,看到室内只有李局长一人,便急促地将自己的身体拽进室内,并熟练地将门掩上。

来人正是县某公司的经理刘波,听说新局长到任,特地前来打点一下关系。

与刘波交谈得知,前两任局长到任的第一天,县里几家有业务来往的企业负责人都抢着到办公室里混个脸熟,这是几年来大家心知肚明的"潜规则"。因此,对于这间办公室,刘波已然是轻车熟路了。

"李局,不瞒您说,今年我终于抢到这个第一的名额了,为了了解您到任时间,我可没少跟吴主任打听呀。"

说到这儿，刘波突然下意识闭了嘴。

李淳心里一惊，于是试探性地问：“怎么，往年你们来的时候没什么见面礼吗？”

刘波一听心里乐开了花，新来的局长也不过如此，果然天下乌鸦一般黑。他还没见过在这个位置上的能不收礼的，于是赶紧从包里掏出一盒包装精致的茶叶，毕恭毕敬地放在局长的办公桌上，满怀期盼地希望李淳能够收下。

李淳盯着桌上的茶叶，面沉似水，没有任何表示。刘波看着李局不为所动，以为是礼品不够贵重，连忙解释："李局，我知道您有品茶的雅好，这可不是一般的茶叶，我给您打开看看。"

刘波将茶叶盒打开，里面是满满的一沓钞票，"李局，不瞒您说，这些年送给局长的见面礼，都是这个数。"随后将盒子盖上，恭敬地递到李淳面前。

"没错，我是爱喝茶，但你的这个茶，我喝了不消化，喝了这杯茶，纪委就得请我去'喝茶'，两任局长就是这样被你们拉下水的！"李淳斥责刘波。

刘波悻悻地走出李局长办公室，平时这间办公室里的座上宾，此刻对这间办公室感到陌生了。

不久，刘波被纪委带走调查，平时为局长和企业老板之间牵线搭桥、搞利益输送的吴主任也一同被请去"喝茶"。

（欧珠乐）

下篇

# 一张公务加油卡的自白

我是一张公务加油卡,编号:公务卡007,号称卡族里正义凛然的"邦德",我的使用者是某机关单位的司机,别人都叫他郝哥。最近我们的境遇都变了。人们说我是郝哥"揩油"的帮凶,要我和他一起接受纪委监委的调查。我很委屈,原本只想安安静静地做一张好卡,奈何命运不仅弄人也弄卡。

还记得第一次看到郝哥,觉得他是一个很阳光、随和的年轻人。郝哥十分爱惜我,让我住在他精致的钱包里,隔三岔五带着我去给单位的桑塔纳汽车加油,生活简单开心。郝哥、我,还有那辆有八年车龄的公务车"老桑",像《吉祥三宝》歌里唱的一样,我们是相亲相爱"一家人"……

在我三岁的时候,郝哥买了自己人生的第一辆车。它看上去气派极了,我喜欢它。但郝哥告诉我,"公务卡"和私家车有一条"三八线",我永远不可能为对方服务。

那时的郝哥勤奋努力、清廉正直,被单位领导提拔为部门副职。又过了几年,郝哥结婚了,有了一个女儿,工作越来越忙碌,生活压力越来越大,但郝哥一家其乐融融的。我们都为他感到高兴。

今年,南宁的夏天像热情的吉普赛女郎,没有犹抱琵琶半遮面的娇羞,火辣辣地拥抱着大地。郝哥跟平时一样,下乡回来后带着我去给辛苦工作了一天的公务车"老桑"加油。负责加油的小伙子应该是新来的,业务不熟,低声反复确认了好几遍加油密码,丝毫不避讳站在他旁边的郝哥。

大概从听到小伙子的加油密码开始,郝哥的心里就悄悄埋下了贪腐的种子。

那天晚上,他双手紧攥着我,站在加油机枪面前踌躇了好久,口中喃喃道:"就加这一次,上班和开会经常要用自己的车,家里负担这么重,我也不想的……"时间一分一秒地过去,我看着他拿起、放下,又拿起,然后将我推进卡槽,输入偷听到的密码,取枪给自己的爱车加油……每一个动作既熟悉又陌生。显示屏上飞快地跳动着金额数字,最终在308元停下。但这一刻,停下的何止是这组数字?还有当初那颗清廉正直、防腐拒腐的心啊。

生活很多时候就像潘多拉的魔盒,欲望之门一旦开启,就无法关闭。打那以后,郝哥做这事变得越来越顺手，越来越理所当然，从刚开始两个星期一次到后来的两天一次，再到帮女儿在加油站购买牛奶，最后甚至帮亲朋好友加油，高频率的加油使得我身心疲惫，我的内存容量也越来越小，卡族的兄弟姐妹们都嘲笑我是"月光族"。更可气的是，有一次郝哥找不到开瓶器，就用我撬啤酒瓶盖，把我弄得面目全非。郝哥变了，变得我们都不认识了，我也在郝哥的操作下，不再是那个公私分明的"邦德"。我多少次想提醒他、制止他，却无能为力，眼睁睁看着郝哥一步步陷入贪腐的泥潭。

我不知道接下来等着他的将会是什么严厉的处分，我也不想推卸责任，只是想通过我跟郝哥的故事告诫各位"老司机"，公务加油卡姓"公"，如果在这上面打歪主意，就是违反党纪法规。所以，请您务必在利益诱惑面前，坚定立场，明辨是非，始终保持廉洁奉公的初心。

（蔡志桃　莫丽冰）

# 日记本

我是小白,是一个日记本。十年前,我被哥哥从商店带回来,那一天阳光明媚,他笑着抱着我说:"以后上班就拿你来记录每天的趣事了。"

被他领回家后,我发现家里好热闹,有好多小伙伴。

"嗨,你好呀,欢迎加入我们的大家庭!你已经是第5位成员啦!"边角泛着微黄的日记本小黄高兴地和我说道。

从小黄口中了解到,原来哥哥从小便有记日记的习惯,从小学到大学,每个阶段,他都会把印象深刻或是有趣的事记下来。不久前,他的仕途翻开了新的一页,如愿考上了当地的某职能部门,为了庆祝新的开始,便将商店展柜上的我带回了家。

他经常把工作中遇到的开心和难过告诉我。

入职第一天,哥哥告诉我,他对迈入人生新阶段充满新奇、憧憬与激动,他立志成为一名对社会有用的人。

遇到领导的表扬,他会开心;遇到工作的瓶颈,他会失落。我就这样一步步见证他从职场小白变成职场精英。

经过几年不懈的努力，他走上了新的领导岗位。

有一天，他下班回来后带回来一个新笔记本小黑。小黑不善言辞，我和小黄一同跟它打招呼，也不理我们，它也不像其他伙伴似的，会时常分享和哥哥的故事。

而且，自从小黑来到这个家，我就被"冷落"了。我和小伙伴们一直很好奇，哥哥到底和小黑说了些啥？

某天深夜，哥哥拿着小黑记录到很晚，忘记了把小黑放回原处，关了灯便去睡觉了。

我和小黄商量着，决定来个"夜探行动"。

借着月光，我和小黄小心翼翼地挪动着身躯，来到了小黑旁边。

"李总一万元、刘老板两万元、小王两条烟两瓶酒……"小黑已经酣然入睡，这几行字却一下惊醒了我和小黄。

就这样又过了一段看似平静的日子。

有一天下班回家，哥哥直奔卧室，手里紧紧抱着小黑，魂不守舍，嘴里念叨着：我不想变成狱中人，我不想坐牢，我还有幸福的家，这可怎么办？怎么办……

透过门缝，哥哥的妻子看出了丈夫的忐忑，于是便询问他出了何事。一开始哥哥什么话也不说，只是佯装镇定。后来在妻子的不停追问下，才知道是哥哥单位组织去监狱开展警示教育活动，他真真切切感受到了服刑人员的悔恨，心里大为触动，联想到自己这几年利用职务便利大捞好处费，心里非常害怕。

后来，在妻子的劝诫下，哥哥决定向组织交代所有问题。于是便把我从书架上拿了下来，抚了抚我身上的灰尘，拿出一支笔写了一份忏悔书。

第二天，我和小黑被哥哥一起带出了房间，阳光刺眼，某市纪委监委的牌子赫然入眼。

（张　晖）

# 变　质

"感谢你嫁给我！今后，我将尽我所能，把最好的都给你。"结婚那天，潘富贵信誓旦旦地对妻子作出承诺。

那时候，大学毕业不久的潘富贵没车没房没高收入工作。结婚后，他坚持在每个特殊的节日里，给妻子送花买礼物，是大家眼中懂浪漫的好男人好丈夫。尽管每天都是粗茶淡饭，夫妻俩还是过得很开心。

后来，在妻子的支持和鼓励下，潘富贵顺利考取了县里的公务员。他能说会干，很得领导赏识，几乎是到点就提拔。

有一次，潘富贵陪着妻子逛商场，妻子看上了一件衣服，试穿效果非常好，可价格高得离谱，将近潘富贵半年的工资。妻子笑了笑，把衣服还给了销售员。销售员态度也瞬间从热情变成冷漠。当时的潘富贵内心五味杂陈。

因工作出色，潘富贵被提拔为某局局长。局里不但干部职工多，建设项目也多。上任不久的潘富贵终日忙碌，除了要陪同上级领导考察检查,处理在建项目存在的很多棘手问题,还要灵活应对各种来拉关系求项目的工程老板,家里的事情几乎顾不上,就连儿子出生,都没能陪在妻子身边,虽然妻子没责怪,但他还是很愧疚。

这天,潘富贵刚刚主持研究完旧城旧巷改造项目,分管项目建设的蒋副县长的堂弟蒋包头就找到办公室来。

"只要您把这些工程交给我,您有什么条件和要求,尽管说。"蒋包头开门见山。

没等他回绝,一旁的李副局长急忙说:"蒋包头的工程队实力很强,这个项目时间紧任务重,把工程交给他,很合适。具体的,我们一起吃个饭,边吃边聊吧。"

在李副局长的推波助澜下,潘富贵鬼使神差地接受了这个饭局。在大家的恭维和美酒佳肴的催化下,潘富贵逐渐领悟了所谓"有权不用过期作废""能力大就要捞钱多""付出多就要回报多"的"人生真谛"。他觉得,连妻子喜欢的衣服都买不起的老公是不称职的。于是,他不再坚守底线,把工程上的事全都交由李副局长代办。

不久,潘富贵拿着蒋包头"孝敬"的钱,在市里买了大房子,还给妻子买了许多奢侈品。当妻子盘问起他骤增的收入时,他说:"我只是就着局长这个位置,做点生意而已。你放心吧,现在我们局里上下一条心,不会有任何问题的。"

妻子知道他干了违纪违法的事情，要求他将受贿得到的财物还回去，甚至还用离婚来威胁，要他必须改邪归正。可潘富贵认为，自己仕途一路顺风顺水，正是印证了算命先生说的大富大贵。再说，还有蒋副县长这把"大伞"罩着，更不会出问题。

钱赚得差不多的潘富贵，本想换个单位全身而退，可蒋包头承包的工程出了重大安全事故，蒋副县长也随之"落马"。

拔出萝卜带出泥。潘富贵等一群腐败分子很快就被牵扯出来。

锒铛入狱的潘富贵泪流满面，悔恨交加。直到这时，他才意识到，自己对妻子的爱，一开始就是畸形的。

(滕春香)

# 悔

余海这辈子最瞧不上的人是父亲，觉得父亲在镇中学当个老师，教的学生都飞黄腾达了，自己一辈子却过着清贫又枯燥的生活，特没出息。

后来，余海成功应聘上某大型国企公司的出纳，更是觉得比父亲强。

"这个岗位很重要，你要拎得清"，"临财毋苟得，临难毋苟免"……每次回家，父亲都要念叨几句，余海烦不胜烦。有一天，他在工作中发现了一条"生财之道"，心虚的他索性在外租房很少回家。

没了父亲的唠叨，没有父亲的管束，余海在他的"生财之道"上越走越远。最终因贪污罪，余海被判处有期徒刑三年。

如今入狱快一年了，父母都没来看过他。眼看别的犯人隔三岔五就有亲人来探监，送来各种好吃的，余海心里直犯酸，给父母打电话说想让他们来看看自己，说很想

# 悔

他们。

可每次都是母亲接电话,在通话中母亲让余海听管教的话,认真改造,有空就来看他。常常不等余海说几句,母亲就匆匆挂断了电话。

几次三番后,余海明白了,父母抛弃了他。伤心和绝望之余,余海又写了一封信,说如果父母再不来看他,他们将永远失去他这个儿子。余海是真的心凉了,当初为了和女友过"上流社会"的生活,贪污来的钱全花完了,女友也在得知他出事时一走了之,现在连生养自己的父母都不管自己了,人生还有什么意义?

这天,天气特别冷。余海正和狱友侃大山,有人喊道:"余海,有人来看你!"会是谁呢?进探监室一看,余海呆了,是母亲!一年不见,母亲变得都认不出来了。才六十岁的人,满面皱纹、头发全白,腰弯得像虾米,人瘦得不成形,衣裳皱皱巴巴的,完全不是余海记忆里那位讲究形象的母亲。

只见母亲把手上提着的东西放下,坐在余海的对面。娘儿俩对视着,没等余海开口,母亲的眼泪就流出来了。余海看着流泪的母亲,又望向母亲身后,忍不住问:"妈,爸呢?爸怎么没来?他还不原谅我吗?"

"你爸的脾气你还不知道吗?来这里要转三次车,他嫌麻烦。"母亲眼神望向带来的东西,顿了一下,故作嗔怪地说。

"妈,那您和爸的身体怎么样?"余海等了半天不见回答,头一抬,母亲又在擦眼泪,嘴里却说:"沙子迷眼了,你问你爸?噢,他挺好的……他让我告诉你,别牵挂他,好好改造。"

探监时间结束,指导员进来了。他像知道什么似的,先走到余海母亲身旁帮她抱带来的东西。不知为何,余海的心猛地一缩,装出笑脸问:"妈,您给我带了什么好吃的?也不打开给我看看。"

母亲像是被电击了一下,神色慌张地去抢指导员手上的东西:"没,没什么。"

这一抢,却把外面的布袋子抢掉了,露出里面的一个角。余海直勾勾地盯住那个角看,那是——一个骨灰盒!余海呆呆地问:"妈,这是什么?"母亲再也掩饰不住自己的情绪,捂着嘴哭起来。

余海隔着玻璃,浑身颤抖:"妈,这到底是什么?"

母亲无力地滑下去,花白的头发剧烈地颤抖着。好半天,她才吃力地啜嚅道:"那是……你爸!你欠的钱实在太多了,我们全部的积蓄还远远不够。为了替你还钱,我们只好在镇上摆摊卖早点。孩子,我们不是不想来看你,只是你爸说子不教父之过,没替你还完钱,他没脸来见你。可你爸的身体怎么吃得消跟我没日没夜地出摊啊……"说到这里，母亲低头抱紧了盒子。

"临死前，你爸说他生前没来看你，心里难受，死后一定要我带他来，看你最后一眼。他要我跟你说，他这辈子都清清白白、干干净净，可你欠的钱他还没帮你还完，他让你积极改造，早日出来把钱还给国家。"

余海发出撕心裂肺的一声长嚎："爸，儿子对不起您！儿子知道错了啊！"接着"扑通"一声跪了下去，一个劲儿地用头撞地，悔恨的泪水如决堤的河水喷涌而出："爸，您放心，我还，我一定还……"

(罗　陆　吴　婵)

# 爸爸会回来的

黄局长的小女儿刚进小学，对接触的新事物都特别好奇，不仅在学校里一直追问老师"为什么，为什么？"在家里，也会追着黄局长问个不停。

临近年关，黄局长频频外出吃饭喝酒，而且每次回家都拎着大袋小袋。小女儿就跑到他跟前问起来。

"爸爸，你怎么老出去吃饭喝酒，而且还带回来那么多东西？"

"爸爸吃喝也是工作的一部分，拿东西是不浪费，也是为了和其他叔叔阿姨搞好关系。"

看着隔壁的小哥哥这几天都和爸爸妈妈一起购置年货，自己的爸爸妈妈下班后却都坐在家里，小女孩又来到黄局长跟前。

"爸爸，隔壁小哥哥这几天都和爸爸妈妈去超市购置年货，他都有好几件新玩具了，为什么我们不去？我也想要新玩具。"

"宝贝,不用担心,再耐心等几天,东西会有的,新玩具也会有的。"

春节放假,黄局长一家四口带了很多年货,开着私家车回老家过年。在老家门口把所有东西都放下后,黄局长便将私家车开到村里操场显眼的地方停放,再步行回家。好奇的小女儿又开始发问。

"爸爸,我们家后面也可以停车啊,为什么你把车停那么远,还要自己走回来?"

"把车停在操场,地方宽敞,看得见的人多,我们的车不容易被别人刮花、弄伤。"

春节期间,家里热闹极了。每天从早到晚,都有上门拜年的叔叔阿姨。有亲戚朋友、左邻右舍,也有很多小女儿不认识的人。

"爸爸,为什么那么多人来我们家玩啊?你们都没时间陪我玩。他们还给我红包,有点多,拿不了了,我不要了。"

"宝贝,没事的,都是我们家的亲戚朋友,大人给的新年红包是对小朋友的爱,是要拿的。"

年后收假,从老家出来,黄局长的车里装的东西比回去的时候还多,本是装小女儿玩具的小包也都装满了所谓表示"爱"的红包。

不几天,小女儿在家门口,看到爸爸和妈妈说了几句话就跟同事一起上车走了,几个星期了都没回家。找不到爸爸的小女儿问这段时间眼睛一直痛的妈妈:"妈妈,妈妈,为什么爸爸最近都不回家了,我还有好多问题想问他呢?"

"爸爸忙着和叔叔说清楚自己的问题,等他说清楚了,就回来回答你的问题,就回来陪你玩。"

"哦,没事的,再耐心等几天,爸爸会回来的!"小女儿学着爸爸的语气说道,并没注意到妈妈已经泪流满面。

(廖永松)

# 蹭　车

王局长今天下班有些晚,走的时候单位的大楼已经空了,他办公室的灯是最后熄的。

王局长到停车场开车,刚发动车子,一个黑影不知从哪儿蹿了出来,敲了敲王局长的车窗,把王局长吓了一跳。

王局长定睛一瞧,原来是单位的小张。

"小张,这么晚了才下班?"王局长降下车窗。

小张讪笑两下。"嘿呀,局长,您瞧我这一忙就忘了时间。我的车坏了,刚联系修理厂的人拖去修了。正愁怎么回去,刚好就看到您了。"

"原来是想搭个顺风车呀。"王局长心想反正也是顺路的事,就爽快地同意了。

到家后,王局长突然发现后排放着一个厚厚的信封,打开一看,里头竟然装了一整沓现金。

"小张,你是不是有东西落我车上了?"王局长赶紧拨通了小张的电话。

"肯定没有,王局长您早点休息吧。"电话里的小张斩钉截铁。

王局长这才反应过来,小张哪是忙忘了时间,这是特地等着他下班呢。

"这小子消息倒是灵通。"

原来,局里办公室主任的位置一直空着,近期准备从年轻干部中提拔,虽然消息还没公布出去,但小张盯这个位置很久了。

小张平时处事稳重、应变能力强,在这批年轻干部里也是比较优秀的,本就是办公室主任的候选人之一,现在又这么"懂事",王局长心里这杆秤的重心也就开始有了偏移。

第二天一早,局里召开班子会讨论办公室主任人选,王局长便直接将小张推了出来,本以为大家都是"明白人",赵副局长却摇了摇头。

"局长,小张虽然能力过硬,但我最近听到点消息,觉得对他恐怕还得再观察观察。"赵副局长语重心长地说道。

王局长听完顿时有些不高兴了。

"老赵,哪能因为一点风言风语就怀疑自己的干部,小张这个人我观察很久了,你不会怀疑我的眼光吧?"

## 蹭　车

赵副局长还想再说些什么，但王局长把桌子一拍，示意事情就这么定了。

几天后结果公示出来了，小张"不出意外"地得到了提拔重用。下班后小张又来到停车场，准备再"蹭"一次王局长的车。但此时，一个电话打了过来。

"小张同志，你好。我们是区纪委的，有些事需要你配合调查一下，请你现在马上到纪委一楼的办公室来一趟。"

小张心里"咯噔"一下，急忙开着车往纪委的办公楼赶去。

小张刚把车停稳，就发现不远处王局长正从纪委办公楼走出来，身边还跟着两名纪委的干部。

小张顿时丢了魂一般，双腿一软，一屁股跌坐在地上，嘴上喃喃道："没想到……这蹭车，竟然把自己蹭进了纪委办公室。"

(黄宿宸　余淑娌)

# 下次一定

上幼儿园的时候，小谭在和其他小朋友抢玩具时，推了人家一把，导致对方撞到了桌子，眼角破了好大一个口子。事后，宽容的父母对他说："下次一定要注意玩闹的尺度，不要再把小朋友弄受伤了！"

上小学的时候，小谭贪玩，上课不听讲，放学不做作业，总是跑到游戏厅里玩，考试没考好。事后，宽容的父母总是会安慰他说："没关系，继续努力，下次一定能考好！"

上初中的时候，小谭打烂了邻居家的花盆，他向爸爸妈妈以及邻居家的叔叔阿姨拍着胸膛保证道："我知道错了，下次我一定吸取教训，绝对不会再闯祸了！"

上高中的时候，小谭晚上经常熬夜看电视，面对父母催促早点休息，他总是以"知道了，知道了"应付了事。第二天早上，闹钟准时响起，他抬手按下"10分钟后再响"，并昏昏沉沉地对自己说："再睡10分钟，再睡10分钟就起来，下次一定不熬夜了！"之后，他又再次陷入梦境。上课了，小谭急急忙忙赶到学校，懊恼地对自己说："下次一定不赖床了！"

上大学的时候，小谭经常通宵上网，与兄弟们酣战到天明，并和他们约定明天继续。期末的时候，他看着手中成绩单上一溜儿的不合格字眼，在心底不断告诫自己："下个学期我一定要认真学习，决不能浪费爸妈的血汗钱！"

大学毕业后，小谭幸运地考上了公务员，还顺利地入了党，成了一名光荣的共产党员。参加工作前，父母给他摆了喜酒庆贺。当天，以前见过的、没见过的亲戚都来参加，并都带了贺礼。面对盛情难却的七大姑八大姨，小谭抵抗了一会儿后就放弃了，对亲戚们说："下次一定不要带礼物来了，太见外！"

刚刚参加工作的时候，小谭经常上班玩手机、用办公电脑上网聊天、购物。有一天，当地的纪检监察机关派出的督查组来督导开展党纪学习教育，他当时正在低头玩手机，于是被逮个正着。第一次遇到这种情况，他当时害怕极了。单位领导帮他说情，"小伙子刚来，不懂事。通过这次教训，相信下次一定不会再犯了……"他在一旁拼命地点头附和。念在他是初犯，未造成恶劣影响，督查组当即对他进行了严肃的批评。事后，他在心里发誓："下次一定认真工作,不玩手机,不上网聊天了!"

准备结婚的时候,小谭为了感谢本单位的领导和同志们对他的帮助,决定邀请本单位的所有人都来参加,父母为了给他挣面子,把婚宴安排在了当地最好的酒店。婚宴前,单位的领导特意提醒他,"记得向纪检机关报备""一定要控制宴请人数和桌数"……他满不在乎随口应付"没问题""您放心"。当天,七大姑八大姨又来了,这次小谭和父母都没有阻拦,心安理得地收下了不菲的礼金、礼品。另一边,单位的领导和同志们看着超规格的宴席,不少人都找机会提醒他违规了,他笑眯眯地向单位领导和同志们一一解释道:"仅此一次,下次一定注意!"

几年后,小谭终于"熬出了头",在本单位其他同志的民主推荐下,成了一名乡镇领导干部。走马上任的第一天,分管部门有几个机灵的干部就来邀请他赴宴,向他"汇报工作",意气风发的小谭当即答应了他们。当晚,他们"酒逢知己千杯少",他也与这几名干部成了"好兄弟"。过后,这些人飞扬跋扈,对其他干部呼来喝去,他虽然看在眼里,但碍于"兄弟情面",不好意思开口制止。乡镇主要领导找他谈话,要求他从严约束下属,他满口答应:"以后一定从严约束下属,绝不纵容!"

到乡镇任职了一段时间后,几个"好兄弟"又来邀请他赴宴,向他"汇报工作",小谭来者不拒。当晚,"好兄弟"向他介绍了"腐财神"。酒桌上,"腐财神"给了他一个方方正正的信封,并希望小谭在适当的时候帮他个小忙。"好兄弟"一旁劝说道:"大家都收的,都是兄弟,不收就是不给面子……"酒精上头的小谭略做抵抗就缴械投降:"下次一定不能再这样做了,这是违反纪律的事!"

过了一段时间,面对找上门的纪检监察机关,当时小谭的脑子里就两个字——"完了"。

事后,小谭在忏悔书里写道:"走到今天这一步,最主要的原因是我一次又一次地放松了对自己的严格要求,总是抱着侥幸心理,慢慢地陶醉在别有用心的阿谀奉承中,慢慢地放松了警惕,没有抵挡住诱惑,一步步走向了犯罪的不归路,成了腐败分子。我对不起党和人民,也对不起家庭……"

(杨　辉)

# 贪官"诉苦"

牢房中,几个落马贪官泣泪忏悔:"真苦呀。"

"郝局长"哽咽着:"我三岁丧母,九岁丧父,童年在穷困和饥饿中度过,放过牛,种过田,上山砍过柴,上学每天要跑七八里路,一双破旧球鞋一穿就是五年。贪来的钱一分不敢花,家徒四壁,住着老楼,吃着泡面,平时上下班都骑自行车。辛辛苦苦走上高位,到头来一场空。你们说我苦不苦?"

"苦呀。"有人附和着。

"周市长"咽了口唾沫,跟着哭诉道:"整天担惊受怕,一有风吹草动,便寝食难安,恐慌得要命。贪来的钱,处心积虑藏好,树洞内、灰堆内、稻田里、煤气罐里、家中的花池里、屋顶的瓦下、粪坑中……最后全被追赃,还判刑十五年。你们说我苦不苦?"

几位狱友连连哀叹:"如同身临其境,切身感受,是够苦的!"

## 贪官"诉苦"

角落里一直不吭声的"张局长"这时再也忍不住了,痛彻心扉地泣诉着:"贪腐很辛苦,心累脑累身体累。在20多年的贪腐生涯中,我整日要研究哪些钱该收哪些钱不该收,曾经认真研读过媒体上报道的贪官案例,琢磨出贪腐'三不收八不要'原则,对送钱者认真'考察',时时小心,处处留神,不敢有丝毫马虎。最后是头发秃了,神经衰弱了,进监狱了。这样的活法,你们说辛苦不辛苦?"

耷拉着脑袋的"林县长"跟着诉苦:"本以为敛上巨财,溜出国门便可逍遥法外,岂料惶惶不可终日。外逃他国10年,出门都要躲警察,日常被黑道人物勒索威胁,时常寄身在一个发霉、滴水的地下室熬日子,几乎没有睡过一个安稳觉。海外逃亡,家不能回、孝不能尽、亲人不能见,要钱何用?你们说我苦不苦?"

同牢房的"高董事长"早已浑身瘫软在地。他抽泣着说:"各位兄弟,我比你们还苦呀!我利用手中权力疯狂敛财,给情人买房买车,挥霍一空。为达到娶新人的目的,逼迫自己的老婆离婚。儿子看不下去,跳海自杀了!家破人亡,痛失爱子,人财两空,你们说我苦不苦?历史不能改写,人生不能重来。都怪我呀,都怪我呀!我愧对组织,愧对人民,愧对至亲至爱。贪廉一念间,荣辱两世界。"说完,"高董事长"号啕大哭,捶胸顿足。

"你确实够苦的。"狱友们纷纷说道。"赵局长"更是悔恨交加,拍起大腿说道:"高墙内外两重天,牢狱之苦夜难眠。撕心裂肺悔恨泪,只盼余生还桑田。"

(谭克向)

# 回 忆

"这里就是纪委监委了,19元。谢谢!"

"这么快就到了……"年轻人嘴里嘟囔着,付了车费后下了车。

黄小实接过钱,看着失神的年轻人下车后并没有直接进入大楼,而是呆呆地看着这座严肃神秘的大楼迟迟不肯迈步,最后听到年轻人"唉"了一声后便坚定地向大楼走去。这不禁让黄小实想到一年多前,自己站在这栋楼前双腿也如灌了铅似的动弹不得,眼前开始不断映现从前的景象……

一年前,母亲拉着自己的手进入了这栋大楼,他忘不了母亲坚定的眼神,忘不了当时坐在凳子上踌躇不安的惶恐,有了母亲的陪伴,最终他还是鼓足勇气主动向纪委监委的同志说出了一切。

曾经的黄小实是以全县第一的成绩考上了重点大学,他是全家的骄傲。毕业那年听从父母的话考取了公务员。

刚开始他还勤恳好学,渐渐地,黄小实对工作内容提不起兴趣,觉得没有挑战性,他多次涌起辞职的念头,但也只是想想,这么多年安逸的工作,青春和激情在摸鱼混日子中一点点地消耗殆尽,他也不知道自己辞职后还能做什么。

一次世界杯,黄小实在如梦酒吧喝酒的时候跟着兄弟几个下了几注,竟然赢了500块钱,心想:"这钱也来得太容易了,我上班几天都没有500块。"于是,黄小实开始迷上了赌球,工作也没了心思,白天上班研究球赛,晚上下班就到酒吧里看球下注。

刚开始黄小实连赢8场,觉得自己赌球太有天赋了,怎么买怎么赢,短短一星期内,从一开始的一两百元到每注几千元。钱来得太快也不知道珍惜,每天赢了钱就请朋友喝酒吃饭,在朋友兄弟的吹捧声中,黄小实飘了,幻想着"每天能赢两千,那一个月就有6万了,一年就有70多万了,还上什么班啊,随便买豪车别墅……"这么想着想着每天做梦都能笑醒,就这么按着自己制订的"计划",黄小实每天准时到如梦酒吧报道,每天赢到两千就收手。可是有时候一开始就输了,黄小实就下更大的注把输掉的赢回来,就这么顺利地按"计划"进行了半个月,他开始幻想着"如果一天赢5千,那一个月不就有15万了……"于是黄小实越想越来劲,下注也越来越大,可好景不长,从赢多输少变成了输多赢少,而且越输越多,不仅把之前赢来的钱都输光了,还赔上了自己的工资和积蓄。沉浸于赌博带来的刺激,黄小实不仅没有及时止损,反而趁着干财务的便利偷偷挪用起公款,想着赢了就还回去,但窟窿越来越大,每天催结账的电话犹如魔咒般准时响起,吓得他吃饭睡觉都不安稳,整个人开始恍惚起来。

一次单位召开警示教育大会,黄小实在下面如坐针毡,警示教育片里挪用公款的手法和自己一模一样,他甚至怀疑这警示教育片是专门放给自己看的,惶恐不安的黄小实当天就请了病假,关了手机,找没人的地方躲了起来。

"怎么办啊,都怪自己太贪心了,哪有这么容易来的钱。"此时的黄小实悔不当初,想让全世界都忘了他。他也想过主动跟单位交代,但他很害怕,怕丢了工作更怕父母失望,他从小就是"别人家的孩子",是父母的骄傲,受不了别人异样的眼光。但一直躲下去也不是办法,黄小实决定向父母求助。

"你怎么这么糊涂啊!"

"我怎么生了你这么个儿子。"

父亲听后气得当场踹了他两脚,捶了他两拳,母亲在旁边直抹眼泪。后来,父母一直劝他主动交代争取宽大处理,还把积攒了大半辈子的50万元拿了出来。由于主动交代退还赃款,最后自己获减轻处理。

"师傅,走吗?"

"走的走的,请上车,请问去哪里?"思绪被拉了回来,黄小实抹了抹湿润的眼角,庆幸自己当初没有陷得更深,再看了一眼眼前这栋严肃的大楼,黄小实挺直腰板,眼神坚定地启动车往前方开去,心想着"干什么都要脚踏实地,不能有侥幸心理"。

(吴丹丽)

# 是否安全

这几天孙副局长有点小得意,提拔他为局长的公示还在电梯口贴着,如果不出意外,再过几天,他的职务就会去副转正。

今早刚到办公室,孙副局长的手机铃声就清脆地响起,是李老板来电,说是祝贺孙副局长高升,同时邀约他晚上出来吃个饭,有事商量。

哪阵风这么快就把他即将提拔的消息吹到了李老板的耳朵里?李老板是当地有名的工程老板,之前孙副局长在工作上曾和他多次谋面,虽然交情不深,但也彼此欣赏。李老板觉得孙副局长才识过人、年轻有为、前途无量;孙副局长觉得李老板财大气粗,为人豪爽,值得交往。李老板的饭局,去还是不去?迟疑片刻后,孙副局长说:"好,把地址发过来。"末了,还不忘叮嘱一句:"确保安全。"

李老板信誓旦旦地说:"安全!绝对安全!是在我一个朋友那儿,今晚如果您觉得不错,以后那儿就是根据地了。"

随后,孙副局长收到信息:今晚七点,商务大厦B区3单元2001。

下了班,孙副局长如约而至。2001在大厦的顶层,一出电梯就是整面密封的玻璃门,里面有一面墙,墙上装有一扇紧闭的门。

按下门铃,玻璃门徐徐打开。走进房间,脚下是绵密厚软的地毯,房间正中摆放着整套红木的中式餐桌椅,沙发雅座后隔着雕花的红木屏风,屏风后面是一间茶室,整个房间的布置显得雅致、高档且私密。

见到孙副局长进门,李老板和两个陌生男子从茶室迎了出来,热情地招呼孙副局长入座,偌大的餐桌上已经摆满各式菜肴。看到有外人在,孙副局长脸上掠过一丝不悦的神情。

李老板看在眼里,连忙拍着胸脯说:"放心吧,都是朋友,这是朋友企业的内部接待场所,只对自己人开放。"

孙副局长能不谨慎吗?前不久,县里刚刚通报五起领导干部违反中央八项规定精神典型案件,孙副局长还郑重签下了不出入私人会所的承诺书。何况,现在正是提拔公示的节骨眼上,更不能有闪失。

四个人边吃边聊,相谈甚欢。酒过三巡,李老板使了个眼色,两个男子心领神会,相继借故离场,走进里间的茶室。

李老板低头喝了一口小米海参粥，抬起头说："环城路提质改造工程已经完工，目前还有300多万元尾款没有结清，希望孙局长多多关照。"

孙副局长醉眼蒙眬，向李老板摆摆手说："哎，我又不是局长，怎么关照呢？"

"很快不就是了吗？只要您确保工程验收通过，尾款到账后咱俩二八开，我八，您二。"李老板晃了晃杯中的红酒，贴近孙副局长一番耳语。

孙副局长默默地品了一口红酒，在心里盘算着，这样做到底值不值？搞好了、搞不好，犹豫半晌，他还是点了点头。

第二天上班，孙副局长还是一副低调谦和的样子，只是更多了几分胸有成竹。公示还在电梯口贴着，还有两天就要到期了，正式任命文件马上就会下来。

又过了好几天，孙副局长始终没有收到组织部门的任命文件，却接到了县纪委的电话："是孙副局长吗？我们是县纪委的工作人员，群众反映你出入私人会所违规吃喝，请马上到县纪委说明情况。"

问题出在哪里？孙副局长惊出一身冷汗，脑海里一帧一帧地回放着当晚的饭局细节。

面对询问，孙副局长本想一口否认，没料到调查组连时间、地点、参加人员都掌握得一清二楚。

他不再抵赖，反问："你们怎么知道的？"

"要想人不知，除非己莫为。"调查组的一个同志说。

到底是谁泄的密？孙副局长冥思苦想，但始终想不明白。

一天傍晚，孙副局长垂头丧气地到单位门口的小饭馆吃饭，恰巧遇到单位保安也在，保安向他讪讪地笑着打个招呼，保安的对面坐着一个年轻的女孩，孙副局长只觉得面熟，待仔细一看，突然一阵头晕目眩，那不正是商务大厦20楼的女服务员吗？那晚，他醉意正浓的时候，是她给他倒的茶。

（黄宗孝）

# 放　风

南方的冬天很少下雪,但由于空气湿度大,加上没有装暖气,总给人一种湿冷的感觉。

今天却是个难得的好天气,太阳露了面,阳光暖暖的。

李权在花圃边找了个地方坐下晒着太阳,不远处有两个人正在聊天,其中一个操着北方口音,嗓门挺大:"快到冬至了,你们南方吃饺子吗?都包什么馅的?"另一个20来岁的小伙子回答:"我们没那习惯,冬至那天应该会给我们加点好菜吧。"

"冬至""加菜",这两个词飘进李权耳朵里,把李权的思绪扯回到了五年前的冬至那天。

那时候,李权还是市交通局副局长,主抓工程项目的实施。冬至那天,李权刚带工作人员突击检查完一个桥梁工程项目,正准备回家,表弟李小弟打来了电话:"权哥,几个月没见你了,我刚弄了点野味,今天冬至,正好加点菜,我们哥儿几个聚聚吧,我一会儿去接你。"最近李权老婆出差,家里没人做饭,他接连吃了几天外卖,有点腻了。李权心想,别人的饭局不能乱吃,自家亲戚的家宴没关系吧?就答应了。

进了李小弟的家,李权愣了一下,桌前除了两个房族兄弟之外,还有一个人他下午刚刚见过,就是桥梁工程的负责人赵有财。李小弟赶忙打招呼:"哥,这是我同学赵有财,现在在我们这儿做一些工程项目,你们估计打过照面吧?"李权想到今天去检查时的情景,那个桥梁工程正在焊接主体框架,备用的钢板和钢筋堆在一旁,锈迹斑斑,一看就是哪个工程剩下来的余料。按说这样的钢材,要么弃之不用,要么需经过严格除锈处理,达到要求之后才能视情况使用,但赵有财的施工队直接把这些钢材焊接进了主体框架,这会给工程质量带来很大的安全隐患,李权当即要求停工整改。

赵有财满脸堆笑,端起酒杯给李权敬酒:"李局,我跟李小弟是拜把子兄弟,您是他哥也就是我哥,来,我敬哥一杯,您随意,我干了。"几句寒暄之后,赵有财逐渐进入了正题,大致是让李权在工程上多多关照,并表示他已经按照李权的要求更换钢材全部返工了,保证以后不会出现这样的情况,停工一天人员设备开支巨大,而且工期又紧,怕耽误不起。席间推杯换盏,一直喝到了凌晨一

# 放 风

点，李权醉了，忘了自己是怎么回的家。第二天早上醒来，看到桌子上放着一条烟，打开一看，里面装的全是现金，李权默默收下了。

没过两天，赵有财的工程项目就继续施工了。这样的饭局不止一次，这样的事也不止一回。饭局去得多了，李权去实地检查的次数也就少了，哪怕要去，也是提前打过招呼，做做样子。

一年后，桥梁施工完毕，1000多万元工程款打进了赵有财的公司账户，其中大约有50万元辗转进了李权的腰包。

不到两年，那座桥梁的主体结构就开裂了，原来赵有财承诺的整改只是一句空话，工程存在的各种问题逐一暴露了出来。纪委监委介入了，李权因为受贿和其他问题被判了七年。

突然，一阵铃声响起，旁边的人拍了拍李权，放风时间到，该回监室了。李权无奈地叹了口气，缓缓起身。他在心里默默地问自己：如果那个冬至没有赴那个饭局，如果那时候抵挡得住诱惑，如今自己应该在外面呼吸着自由的空气，尽情地享受阳光吧？但大错已经铸成，现在后悔着实有些晚了……

（银兰娟）

# 一轮明月

暴雨滂沱的下午,清河市纪委监委大门外,市卫健委主任卞安戴着口罩、撑着伞,时不时向里面探头。路边有人经过时他总是不自觉地压低伞面,生怕被人认出。

经过一番思想斗争,卞安刚迈出一只脚,就看到纪委监委大厅墙上鲜红的大字写着:坚持以"零容忍"态度惩治腐败!这行标语在卞安看来格外刺眼,迈出去的脚又急忙缩了回来。

"老卞,怎么站着呀?进来坐坐呗。"身后一个熟悉的声音传来,卞安回头一看,原来是自己的高中室友纪严,现任清河市纪委副书记。

"纪副书记,不……不用了,准备下班了,我等个人就回去了。"卞安的心怦怦直跳,就连平时"老纪"的称呼此刻也变成了"纪副书记"。

"老卞,上个星期大石县人民医院院长秦峰接受组织审查调查的消息公布了,我知道你作为市卫健委主任,和市县医院主要负责同志接触较多,你要引以为鉴、心存底线呀!"纪严一脸诚恳地给予这位老朋友忠告。

"会……会的。"卞安低着头吞吞吐吐地答道,此时月亮被雨雾遮住,晦暗不明,纪严的目光在昏暗的光线下显得格外坚毅。卞安想起自己担任市卫健委主任的第一天,他在干部职工大会上立场鲜明地表态要做一名清正廉洁的好干部,自己当时的神情应该也像纪严这般坚定吧。

卞安在担任市卫健委主任后不久,母亲在老家因为突发脑梗被紧急送往大石县人民医院就诊,医院床位紧缺,卞母被临时安排在了过道的病床。院长秦峰不知从哪里知道了这个消息,立马为老人家安排了干部病房,并邀请市里的专家过来会诊医治,不久后老人家就康复出院了。这件事一直令卞安觉得欠着秦峰一个人情。

出院后不久的一个夜晚,秦峰以看望卞安母亲为由到卞安家里联络感情,走的时候给卞安母亲塞了一个红包,卞安开始果断拒绝,却架不住秦峰软磨硬泡:"卞主任,我们是老乡,这是给老人家的一点心意,又不是给你的。再说了,我又不求你办什么事,你可不能不近人情呀。"一次又一次,卞安从开始的半推半就到后来的心安理得,秦峰的红包也从几百元到几千元、几万元,越来越厚。

直到上个星期秦峰被带走调查的消息公布出来,卞安才如梦初醒。他决定到市纪委监委主动说明情况。站在市纪委监委的大门口,卞安回想这二十多年来,自己一步步从小科员摸爬滚打走到今天的岗位,他害怕失去这一切,但他心里更明白,如果主动交代并退赃,还能够得到组织的宽大处理。

"对了,老卞,你是在等我们纪委的同志吗?要不我去帮你喊一下。"纪严的声音将卞安拉回眼前的场景。

卞安沉默一阵后,抬起头正视纪严的目光,坚定地说:"老纪,我等的就是你。"

随后,便跟着纪严走进市纪委监委。当他交代完所有的问题时,已值深夜,此刻风停雨住,一轮皓月正当空。

(欧珠乐)

# 变味的月饼

"小李,你帮我买的这月饼变味了,现在到我办公室来拿回去吧。"

"不应该啊。"接到局长电话时,小李有点纳闷,自己帮局长代购的月饼,明明是昨天亲自到月饼厂排队买的,新鲜出炉,试吃时味道明明好极了。怎么才一个晚上就变味了呢?

小李和局长是老乡,他们老家的传统手工月饼远近闻名,可是在网上买不到,要想吃只能回到老家购买。为了这一口香甜的手工月饼,趁着中秋节前的周末,小李便带着未婚妻特意开车回了老家一趟,在月饼厂门前排队时发了一条朋友圈恰好被局长看到,局长便通过微信转账让小李帮代购一些。

"这月饼才几十块钱,我们局长给转了 200 块钱呢,我收是不收呢?"返程的路上小李跟未婚妻聊着。

"你傻呀,肯定不能收啊!"未婚妻接着问道:"现在准备届中了,你跟你们局长是老乡,你们局长有给过你什么暗示吗?"

"暗示?什么暗示?"

"唉,理工男就是情商低,难怪混了这么多年都没有个一官半职,也不怪我父母不高兴我们的婚事。"未婚妻边数落边指挥着小李将车子停到一家精品店门口,接着交代道:"我去买个好看点的礼品袋,你到对面取款机取上两万块钱。"

回到出租屋后,小李的未婚妻将月饼和两万块钱小心翼翼地装进礼品袋,跟小李说道:"你换身干净衣服,赶紧给你们局长送去,跟局长说让他赶紧尝尝鲜。"

看着未婚妻这一番操作,小李有点迷惑,但是想着未婚妻事事都在为两人的未来谋划,而且她在办公室工作,接触的领导多,这样做有一定道理,于是就高高兴兴地拿着月饼来到了局长家门前。

局长外出跑步了,开门的是局长夫人,接过月饼,局长夫人很是纳闷,这次代购回来的月饼似乎跟往年不太一样。

跑步回来的局长听到夫人说下属已经将代购的老家月饼送过来,顾不上擦拭淋漓的热汗就想尝一口家乡的味道,可当月饼拿出来后,局长脸上的笑容消失了。

精美的礼品袋里放着一沓百元大钞,在油纸包着的老家月饼的映衬下，显得格外刺眼。

"嗡嗡嗡"，局长手机震动的声音打破了沉寂。

"老哥，月饼是昨天上午新鲜出炉的，赶紧尝尝，麻烦记得我的事。"看着小李发过来的微信，局长站起身走到窗前，抽了一支烟，随后拨通了纪检监察组组长的电话，把事情的来龙去脉说了一遍。

后来，月饼被局长当着纪检监察组组长的面登记上交，小李也被从拟推荐人选名单里删掉了。

谈话室里，小李悔不当初，拍着脑袋说道："我真不应该啊！"

（陶　春）

# 三只小猪的故事

都晚上10点半了,梁志军的婆娘二桃还在床上辗转反侧。

梁志军进屋刚躺下,二桃气不打一处来,一脚把梁志军踹了下去。梁志军急了:"有病,谁惹你了?"二桃翻起身,用尖尖的手指戳着梁志军,"怎么嫁了你这个没出息的!"梁志军是个"耙耳朵",对二桃是言听计从,小心翼翼地询问后,了解了事情的原委。

原来,傍晚时分,二桃去韦三家串门。韦三的婆娘蓝英穿着一条新裙子,向她炫耀。这条裙子正是二桃上次进城时早就相中的那款,当时因为价格600多块就望而却步了,想等下次进城的时候让梁志军买下来。现在蓝英竟然比她先穿上了,那她即使有钱了也没法再买了。女人嘛,两人怎么可能穿一样的衣服呢!虽然心里难受,但二桃仍装作羡慕的样子套蓝英的话。几句话就让蓝英把买裙子的经过讲了出来。

### 三只小猪的故事

情况很简单,韦三一家,昨天把养了八个月的三头大肥猪卖掉了,卖了7300多块,今天一大早进城就把喜欢已久的裙子买下来了,而且蓝英还透露了一个秘密,三只小猪仔是村里当书记的本家二哥韦应宏无偿给的。县里实施了一批产业帮扶项目,其中就包括免费向帮扶户发放猪仔。韦三一家本来不是帮扶户,韦应宏的亲弟弟韦应伟当年因残疾、无经济来源被纳入扶贫对象,虽然现在已经脱贫,但是按政策仍可申请。韦应宏本来是想帮弟弟韦应伟申领的,结果韦应伟死活不愿意养。在韦应宏看来,这批猪仔反正不要钱,不去申领太可惜了。于是,韦应宏就以弟弟的名义申领了三只猪仔,全都给了韦三。赶巧遇上市场行情好,昨天就把这三头肥猪出栏了,竟然卖了7300多块。

听完蓝英的讲述后,二桃暗忖:原来是沾了书记的光,家族里有人当官就是好啊。怏怏不乐地回到家里,二桃草草地吃了几口晚饭,躺在床上生闷气。于是就出现了开头一幕。那晚,二桃和梁志军大闹了一场,还扯出了好多陈芝麻烂谷子的事。

花开两朵,各表一枝。就在昨天晚上,韦三为了感谢二哥韦应宏,专门从镇上买了二斤狗肉和一瓶二哥喜欢喝的酒,邀请二哥到家里吃饭。席间,韦三塞了500块钱红包给韦应宏,并说:"二哥,下次还有这样的好事,您再帮我争取。"书记韦应宏抬起微醺的眼,弹了弹手里的烟灰,看了看韦三,笑眯眯地说:"好说好说,谁让你爹和我爹是同一个奶的。有好事我们怎么可能便宜外人。"夏日夜晚,微风吹过小山村,院子里传来一阵阵欢快的笑声。

第二天,梁志军去镇上农资服务中心买农机配件,碰到了在镇纪委上班的表哥陆庆国。看到梁志军垂头丧气的样子,脸上竟然还有几道抓痕,陆庆国连忙问梁志军发生了什么事情。梁志军一五一十地把两口子打架的原因说了出来。听完后,陆庆国皱起了眉头,这种情况不正是乡村振兴领域不正之风吗?这两天,县纪委正在部署乡村振兴领域不正之风和腐败问题专项整治工作,要求发现一起、查处一起。

半个月后,茂山村的书记韦应宏因在乡村振兴领域中优亲厚友且收受红包礼金,违反廉洁纪律和群众纪律受到党内严重警告处分,并被收缴违纪所得。韦三卖猪的钱,刨去饲养成本,也被镇纪委予以收缴。两口子最终落得个"花篮提水难保留,竹篮打水一场空"。

(宋学磊)

# "猪"队友

"朱局长真是个好领导！这次不仅弥补了我们巡察整改涉及的退款损失，还给我们发了福利！"一日，A局部分干部职工在办公室闲聊，不由自主地对朱局长的"担当作为"进行赞扬……

不久前，A局接受了市委巡察，巡察组反馈了很多问题，其中就有"违规报销餐费""违规发放劳务费"等违反中央八项规定精神的问题。刚刚到任不足三个月的朱局长，发现干部职工在接受市委巡察后工作积极性不高，尤其是对巡察反馈整改退款意见很大，心里很是着急。为了安抚大家，调动大家工作积极性，朱局长决定召集四个副局长开会商量，研究对策。

"省厅有个20万元左右的课题调研经费，我们可以搞个调研方案，给大家发点福利，这样既可以弥补大家的退款损失，还能给大家一点补偿。"张副局长在会上提出。

朱局长搞不懂张副局长说的意思，疑惑地问道："完成省里课题调研还能发福利？"

这时，四个副局长都会意地笑了起来，这让朱局长心里不安，甚至有些发毛。张副局长清了一下嗓子，解释道："局长，您有所不知，这个课题调研只要有调研报告上报省厅就好了，至于去不去县区开展调研，去多少人开展调研，都是我们说了算！至于账目怎么处理，大家都懂，您就不用操心了！"

朱局长心里还是没有底，总觉得刚刚被巡察完还这样做，不太妥。四个副局长看出了朱局长的不安，纷纷表示只要账目处理巧妙，没人能查出问题。朱局长看到四个副局长的表态，就拍板定了下来。

没过多久，课题调研报告顺利完成上报，A 局财务通过虚构单位干部职工下乡开展调研的方式虚报了 20 万元差旅费。领到"福利"的干部职工，对朱局长赞不绝口。

半年之后，市委巡察组对巡察反馈问题整改情况进行"回头看"，发现 A 局干部职工下乡开展调研时间很长，财务只是给大家报销了交通补助和伙食补助，没有报销住宿费用。问题线索移交纪委后，经过审查，很快查清楚了相关事实。

朱局长在接受组织审查谈话时，顿足捶胸，后悔不已，痛斥这帮"猪"队友把他带到了"沟里"……

"猪"队友

最后,朱局长因违纪被给予党内严重警告处分,四个副局长也被给予党内警告处分,相关涉案款被收缴。

(粟成剑)

# 运　作

老主任准备卸任了。消息一出，立马成为村子里一时最热的新闻。村民们茶余饭后的消遣，便是猜测谁会成为下一任村民委员会主任。

最火的两个候选人便是阳明和张强了。话说这张强从小就不爱读书，早早辍学，闯荡社会，为人处世也特别"灵活"。别看张强只有初中学历，但"加官晋爵"总有办法，如今，听说老主任要卸任的消息，对竞选主任一事也跃跃欲试。

"来，大姐，这是今年的新茶，给您尝尝鲜。"

"大叔、大妈，这是一点小心意，收下收下。"

"老大哥，这是你最喜欢的烟和酒，我特地为你准备的，来，好好尝尝，记得选举的时候多多支持啊。"

近段时间，张强风风火火，雷厉风行，每天穿梭在村子中，挨家挨户送米送油送温暖，马不停蹄为选举做着准备工作。在他的"运作"下，村子里好多人都夸张强懂事能干。

"你看人家张强,挨家挨户上门拜访,还送礼,这样村民的心还不被他笼络了啊,你也快运作运作。"妻子一边苦恼,一边恨铁不成钢地看着阳明捣鼓他的工作笔记本。

阳明却不以为然,一边继续写着自己的笔记,一边说道:"你放心吧,我也有自己'运作'的方式方法。"说着,阳明又开始捣鼓他的工作笔记本。看着阳明那坚定的眼神、笃定的语气,妻子虽然还有疑惑,但也没再提"运作"的事了。

时间很快来到换届选举的日子。

张强自信满满地走上选举台,"我呢,说点实在的,接下来,我想办个新厂,带领大家吃香的喝辣的,大家可以到工厂打工,工资呢,绝对少不了大家的……"张强在会上洋洋洒洒讲了一大段,说着成为主任后如何办新厂,如何带领大家赚大钱,如何让大家吃香的喝辣的……

这边,到阳明上场了,只见他理了理他的白衬衫,再扶正了胸前的党徽,手里还拿着他那工作笔记本,昂首阔步走上台,"大家好,我是阳明。今天,我要和大家聊一聊,接下来想要做的三件事……"

竞选演讲结束,进入投票、计票、公布结果环节,阳明最终以超过半数的选票当选。

眼看着落选了,张强不乐意了,急匆匆出来反对,"我反对,这选举一定有猫腻,阳明一定'运作'打点了!"

村民们在下面叽叽喳喳讨论起来,整个会场吵吵嚷嚷,这下热闹了。

"安静,安静!"这时候,只听老主任中气十足地喊话,整个会场顿时安静了下来,"下面,我来说两句。"

"张强,我想给你看看阳明的笔记本,这个本子看着破旧,记录的却是他花了两年时间摸索出来的水果种植技术,准备在全村推广。不仅如此,他还做好了村子未来几年的发展规划,以后,村民可以一边搞直播带货,一边发展乡村旅游业。这几年,他利用自己的所见所闻所学,琢磨出一条独具特色的乡村振兴之路。他是真心为了村子发展,为了村民服务,他做我们村的'领头羊',当之无愧啊。"

"你呢,还搞拉票贿选那一套,不得民心啊……"

台下的张强听着老主任的话,羞愧地低下了头,"我错了,我支持阳明,希望在他的带领下,咱们村的日子越过越好。"

不久后,张强因违规违纪问题,受到了应有的处分。

阳明则正式上岗,一一兑现当初竞选时的承诺,带领大家走上发家致富的道路。

(曹丽萍 文秋萍)

# 一点"心意"

"小李你拿着,这是一点心意,就是个辛苦费,不多的,感谢你帮我们加快审批,我们才能这么快拿到证。"

"不行不行,我不能拿,大家都是同学,帮个忙而已。"小李把信封推回去,但抵不过对方的热情,最终还是收下了。

晚上回到家打开信封一看,嚯!居然有整整1万元!小李既兴奋又害怕,兴奋的是这个钱比自己几个月的工资还多,怕的是万一被人发现,自己会受到什么样的惩罚。

但担心的事情没有发生,已经过了好几周,根本没人发现,她也自己安慰自己,只是把他们的申请提到前面来而已,没什么大不了的,况且检查起来材料也是齐全的。

又过了一个多月,同学又找到小李,说想请小李帮另一个朋友的忙。"小李,程老板是我的朋友,你看能不能也帮他快点办下证?他们公司下个月初就要开工了,没有采矿许可证动不了工啊……"

小李支吾了一下,看她犹豫不决,同学悄悄地往她口袋塞了一个红包,轻声说道:"这是程老板的一点心意,事成之后必有重谢,你帮帮他,也算帮帮我这个老同学。"

小李回头看了一眼程老板,那老板朝她会心一笑,点了点头。再三犹豫下小李还是答应了,心里却在盘算着这次又有多少"感谢费"可以拿。

帮程老板把采矿许可证办下来后,程老板登门道谢,提了箱水果到小李家。小李发现水果下面是3万元现金,既开心又满意。

自从这次"帮忙"后,小李收到的"办证请求"越来越多,每次都是帮助"加快流程",遇到有些公司材料不合规不齐全,也能让其顺利拿证。

小李收到的"感谢费"越来越多,为掩人耳目,她用妹妹的身份证开了一张银行卡,卡里专门存收到的"感谢费"。久而久之,卡里的"感谢费"高达几十万元,小李也越来越不满足于万元以下的"谢意",找她办证直接明码标价,起步价3万元。

单位里有同事发现部分企业的许可审批材料存在缺失的情况,也被小李以后面补交为由糊弄过去了。5个月后,她看到自己卡里的存款有40多万元,觉得可以收手了,便发了个朋友圈仅老板可见,暗示这将是最后一单,要抓紧时间了。殊不知,纪委的同志已经在背后掌握了她违规办证和受贿的证据。

就在前天的饭桌上，小李和准备行贿的老板一起被抓了。在谈话室内，小李矢口否认自己的违规操作，并称这只是一种"人情世故"而已。

"我只是帮别人一个忙，别人象征性地给我一些好处表达感谢而已。再说了，我只是帮他们加快审批流程，也没有做其他事啊。"谈话室内，小李还在为自己的行为辩解。

纪委的同志说道："你所认为的'人情世故'，实际上是利用职务便利，为他人谋取利益，非法收受财物，如果没有你这层身份，你以为你那些同学和老板还会来求你办事？往你这送钱吗？"这句话仿佛是一记重击敲醒了小李，小李愣住了，久久说不出一句话。

随着纪委监委的审查调查，更多的流程审批问题也浮出水面。涉嫌行贿的企业老板们陆续被调查，小李也因为涉嫌受贿罪被移送检察机关依法审查起诉。

（韦金秀）

# "经费"背后的故事

"小马,今天谢处带队过来指导工作,你去安排一下就餐事宜。"

"好的科长,但是这开销怎么解决呢?之前接待刘局还有上个月科室聚餐的费用,财务那边说不好报账。"

"这样,以后科室这种不便报账的开支你直接来我这里报销。"

几年前,老王还是岚江市食药监局稽查科科长的时候,为方便工作开展,经常组织接待聚餐活动。谁也不清楚,这些不便报账的活动费用,他是如何解决的。但只要把"账单"给他,用不了几天,垫付的钱就到账了。

由于工作能力突出,老王很快便被提拔至岚江市岚云区担任市场监督管理局局长。他工作始终勤勤恳恳,深得人心。今年已是老王担任局长的第7个年头了。

这天,老王下班后早早回家,跟妻子一起收拾好家里的卫生,泡上茶叶,等待着岚云区区委书记和区纪委书记的到来。

根据岚江市加强"一把手"监督工作要求，各级党委（党组）"一把手"要通过入户与下级"一把手"及其家属拉家常、说廉洁、话家风的方式开展廉政家访，加强对干部"八小时之外"的监督，强化提升领导干部及家属"家风助廉"的意识。

"慢走哈，书记，路上小心点。"家访结束后，老王同爱人一起上前帮忙把车门关上。车子渐行渐远，他却仍然盯着车子离开的方向，若有所思。

"老王，老王，回家了，发什么呆呢？"见其久不回神，爱人出声提醒道。

回到家后，老王依旧一副心不在焉的样子，呆坐在沙发上，面色凝重。

"你怎么了？"察觉出他的异样，爱人开口询问。

"没事，不用管我。"老王摆摆手，扶着额头，有点不耐烦。

"老王，你有事情不要瞒着我，说出来大家一起商量着解决，刚刚书记家访时可说了，让我多关心关心你。"见老王脸色越发凝重，她走到老王身旁，担忧地再三询问。

耐不住爱人的执着，老王长叹一声后无奈开口："刚刚书记举的司法局局长违纪的例子，你还记得吗？"

"就是让下属用个人银行账户接收出版社给局里的回扣款、违规设立并使用'小金库'资金从而受到处分的高局长?"

"嗯,我好像犯了和他一样的错误,甚至可能更严重。"老王不由地变得沮丧起来,慢慢道出了实情。

原来,老王当年为了给科里多获取一些"活动经费",在开展"打假活动"时曾用自己的个人银行账户接收了企业的"打假奖励金",那些不便报账的活动费用就是从"打假奖励金"里支出的。

"家访时两位书记提起的高局长案提醒了我,我才意识到当初的行为是错误的。"老王懊悔道。

"这钱,都用于科室的开销了?"

"到这边任局长后,我看到企业还继续往我个人银行卡里打了几次钱,以为换了工作岗位,大家都不知道,出于侥幸心理,我用这些钱请朋友吃饭,还买了点日常需要的东西。"

听他说完,爱人陷入了沉默,良久才开口道:"那要不你明天就到区纪委把事情交代清楚吧,咱们主动说明情况,争取从宽处理。"

"可是,当了这么多年局长,如果被人知道我被查处了,会很丢脸的。"

"我们可不能为了面子丢了里子,本末倒置呀!"不满老王犹豫的态度，爱人有点生气地说。

"你再让我好好想想吧。"老王纠结着，一脸愁容。

知道老王向来好面子，不好操之过急，爱人打消了继续劝他的念头，宽慰地拍了拍他的肩膀："有事情我们一起担着……"

晚上，老王辗转难眠。

"这件事已经过去很久了，我不说谁会知道？"

"可是，高局的案子也是前几年发生的，不也被查出来了。"

……

"媳妇说得对，组织对我多有厚爱，两位书记今天还特地过来家访，既然我已经意识到了自己的错误，还是早点向组织交代清楚吧。"

经过一晚上激烈的思想斗争，老王第二天一早就来到了区纪委，把事情向组织说明，并将收到的"打假奖励金"全部上交。

走出区纪委大门时，老王明显地松了一口气。

（韦春媚）

# 为领导"解忧"

"我也是为领导排忧解难,没想到却违纪了,唉!"老李拍着大腿后悔道。

老李是某局一室主任,工作能力强,深得领导重视。再过不久,干部队伍就要进行一次大调整,全局上下人人都铆足了劲,都想在领导面前充分表现自己。

最近,局里都在传,杨局长很可能要被提拔为副县长了……

这天,杨局长把老李叫到办公室拿出一把发票和一些白条开支交给他,说:"老李啊,国庆期间有几个市领导到我们县考察,为了我们局以后工作的顺利开展,我接待了他们,这是一些开支票据。你帮我想办法处理一下。"

老李接过票据一看,天呀!饭菜万把块,酒水三四万,还有去景区、买特产的费用,加起来居然有七八万!这开支将近局里全年办公经费的一半啊!

看到老李面露难色,杨局长便语重心长地说:"老李啊,将来你走上我这个岗位,你就知道我的苦衷啦。我们基层单位总要跟上级部门搞好关系,才能更好开展工作呀。"

"嗯,杨局您辛苦啦。"老李若有所悟。

"我放着家里的老婆小孩不管,花那么多时间精力去陪领导,还不是为了局里的工作和同志们。我俩共事那么多年了,我希望在我被调整前,再努力一把,给你们尤其是老李你,铺好路,再上一个台阶!"

听完杨局长的一番肺腑之言,老李很是感动,爽快地接下了"任务"。

……

"老李,杨局是不是叫你去弄票啦,你可不要乱接活儿呀……"二室主任老张悄悄把老李拉到一边。

"这是杨局代表局里办事花的钱,报出来天经地义!"

"上次他也给了我几千块的票,说是接待了某个领导,我帮他办了,但是后来一打听,根本没有接待的事,都是他自己跟亲戚朋友吃的!我劝你还是给他还回去,这几万块可不是小数目,你可别做好人办坏事……"

"老张,谢谢你了,我相信杨局的为人。你放心吧!这事我自有办法。"老李打断了老张的劝诫。心想,虽然平时跟老张是无话不谈的好同事好朋友,但在这竞争提拔的节骨眼上,劝我拒绝帮领导办事,这不是给我挖坑是什么？杨局能叫自己帮忙解决问题，是考验咱老李的忠心以及解决问题的能力。

晚上，老李向妻子聊起了白天发生的事，本想找人给自己加油鼓劲，没想到妻子却说："领导要是正正当当做事，做下属的理应支持，可他要是走了歪路，你可不能跟着走，你们是为党为人民做事，而不是为领导做事啊！"

这一夜，老李和妻子吵了架，夫妻俩谁也没有说服谁。

第二天，老李联系了饭店商店，虚开了一些票据，编造了一些局党支部组织党员干部开展活动的通知、方案等材料，所有票据经手人都填了自己……

不久，县委巡察组来局里开展巡察，对某时间段突增的活动开支产生怀疑，开始走访调查……

因着"为领导排忧解难"，老李不仅没等来组织的任前谈话，反而等来了纪委办案人员的谈话，查实虚报票据后受到党纪处分。看着面前的处分决定书，老李崩溃地抱住了头。

后来，杨局长也因违规吃喝、行贿受贿等问题，被开除党籍、开除公职，并被移送检察机关依法审查起诉。

(滕春香)

## "知恩图报"

下班时间已过,小丽还独自坐在办公室里,左手托着腮帮子,右手握着鼠标漫无目的地在电脑桌面上随意点击着,脑海中反复再现着帮唐艳"周转"资金的场景。

突然,一阵急促的电话铃声响起,小丽拿起电话,是局长的声音:"小丽,你到我办公室来一下。"小丽心里有些紧张,这是她第一次一个人到领导办公室,心里隐隐感到不安。

"这两位是纪委的同志,找你了解相关情况,你要好好配合他们的工作。"小丽被纪委的同志带走了,她差点晕过去。

前段时间,县农业农村局财务股股长唐艳把小丽借调到局财务协助出纳工作。小丽家在县城,她做梦都想快些调到县里上班,这次借调,不仅方便照顾家里,还有助于个人工作问题的解决。镇农业推广站的人都说小丽遇到了"贵人","走运"了。小丽也打心眼里感谢唐艳。

"来这里工作,除了细心,更需要'灵活'。"第一天报到时,唐艳就语重心长地交代小丽。

小丽发现唐艳就像该局的"大管家",能力强、人缘好,很是敬佩。唐艳也热情地让小丽称呼她"姐"。

工作中,唐姐总是有意带她在领导面前露脸表现,小丽家里什么难事愁事,唐姐也总通过她的"人脉"帮忙处理。

很快,两人便成了好"姊妹"。但小丽一直觉得欠着唐姐的大"人情",心想,将来有机会要慢慢"还"。

没多久,出纳退休了,局财务股就只剩下唐艳和小丽两个人。

经过一段时间的接触,小丽发现唐艳对印章的管理很"随意",本想提醒一下,但一想到唐艳对自己这么好,又是股长,也就没说什么。

有一天,小丽发现唐艳心事重重,对小丽好像有什么话要说,却欲言又止。

"唐姐,你是不是有什么事呀?"小丽关心地问。

"小丽,你能不能帮姐一个忙,转一笔资金去这个账户。"唐艳难为情地说,并递给小丽一张她已签名盖章的银行转账单。

小丽接过一看,发现这个账户与局里根本没任何业务和资金往来,是不能转的,万一转出去,资金回不来怎办?小丽沉默了。

"唉!你姐我遇到难处了,其实这个人跟我是亲戚,我老公和他合伙做生意需要笔资金周转,过几天就还回来,绝对不会出问题的,我也签了字,姐不会害你的。"唐艳满眼期待地望着小丽说。

看到唐艳已经在转账单上签字盖章,小丽想着只要资金按时还回来,应该不会被发现,又想到唐艳一直以来对自己那么好,她家里有困难,自己也不能"袖手旁观"当"白眼狼"。小丽决定帮唐艳一次,就当还个"人情"。

接下来的几天,小丽总是因为这个私人账户辗转难眠,忐忑不安。一周后,这笔钱转了回来,小丽悬在半空中的心才落地。

后来,这个私人账户经常出现在小丽的工作中,但用来做账的还款凭证显示资金都还回了账户,没有造成资金损失,小丽认为这样帮助唐艳只是还她的"人情",便放下了所有戒心。

同时,小丽也怀揣着"小心思",等借调期过了,如果能正式调来局里,就不再帮唐艳的亲戚"周转"了。

然而,随后连续两天,没见唐艳来上班,电话也一直处于关机状态。

直到被纪委带走,小丽才明白,唐艳早已在两天前被纪委监委留置。据唐艳交代,她对小丽"好",目的就是让小丽"知恩图报"。那些还款凭证也是她做的假凭证,看似"平安无事",其实那些资金早已"不翼而飞"了。

(赵 勤 曹丽萍)

## "茶"你没商量

王局长从副职转正，当上了单位"一把手"。搬进新办公室坐在局长办公室的椅子上，他感觉这整个局仿佛都是他的"天下"了。

王局长没有别的爱好，除了饮茶。回想当初，连局长在位时，一个来单位争取项目的老板，给自己带来了名茶，闻着扑鼻的茶香，他连夸"好茶"，想要收下，被连局长知道后，受到了严厉的批评，还对他说："不怕领导讲原则，就怕领导没爱好，很多人往往就是因为这些爱好，栽了跟头。"

他心想不就一点茶叶，哪能上升到那种高度。现在他终于当上局长了，所有人都要听他的，再也不用顾忌连局长，从此行事便肆无忌惮。

上任后的第一个月，他便示意让单位给自己"专门配置"了一款名茶。

有一天，局里的二层机构邀请他去开会座谈，会议的内容让他觉得昏昏欲睡,喝一口杯中的茶,竟然不是自己的"专属茶",这些二层机构太不把自己放在眼里了,他心中莫名窝火,在最后的发言中,严肃地批评了与会人员。

刚回到办公室,他便心生一计,叫来了自己的"秘书"小陆。

"跟局里面所有二层机构的办公室说,只要我去调研,或者去开会,必须要给我泡我的'专属茶'。但是,买多少让他们自己定,我要看谁买谁不买,谁买多少,看他们是不是对我忠心。"

"局长这招妙呀!"小陆连忙拍马屁,转身便去办了这件事。

"任务"布置下去几天后,各二层机构纷纷给王局长换上了"专属茶"。服务基层的二层机构,拖拖拉拉一直没买,负责人特意来向王局长汇报。

"局长,今年服务群众项目多,经费已经投入到发放农资上了,实在没钱买。"

"这不是理由,是你根本没把我放在眼里,茶这件事,没得商量!"

这一来二去,全局的人都知道在茶这件事上没得商量,买茶多少也成为王局长是否重用一个人的唯一标准,"茶你没商量"这句话更是在全局流传。

"茶"你没商量

　　老板们得知王局长这个"雅好",便换着名目给他送了各种名茶。品茶多了他便和老板们都成了好朋友,开始投资名茶,老板们送给他的钱,他也都用于投资买茶叶了。

　　直到年底总结会,他正喝着"专属茶",看着所有积极为他买茶叶的人纷纷坐上了单位的重要职位,侃侃而谈总结全局全年的工作时,纪委监委的同志找到了他。

　　王局长受贿的事实被"公之于众"后,群众打趣说道:"现在不是'茶'你没商量,是查你没商量!"

(黄肖桦)

# 同"道"中人

青峰是个刚毕业不久的年轻人，通过公务员考试考到了本县的明山乡——远离县城的偏远乡镇，在乡政府担任扶贫助理。来到明山乡之后，由于工作繁忙，加上人生地不熟，这可把热爱运动的他憋坏了。分管工程项目的扶贫工作站副站长老刘似乎看出了青峰的苦恼，这天晚饭过后，便主动约青峰散步。

老刘正在降"三高"，下班后经常在乡政府附近健步走。"这几年脱贫攻坚让村民的生活条件都提高了，加上这些都是新修的路，大家也开始像'城里人'一样生活。"老刘一边健步走，一边说，"路漫漫其修远兮，吾将上下而求索。"

"这条新建的路多好啊！左边是农田，水稻一望无际绿油油的，右边是新建的楼房，楼下是商铺夜市，夜幕降临灯火通明。"青峰感慨道，"乡里发展越来越好了！可以一边锻炼身体，一边欣赏风景，心情真是舒畅！"

## 同"道"中人

"这条路还是我主持修的呢!"老刘呵呵地笑道,"约你出来散散步,没错吧。"

"我开始喜欢乡里的生活了。"青峰不由自主地说。

就这样,他俩相约以这样的方式一起锻炼身体,聊工作、聊生活、聊理想。青峰觉得,老刘是一个善解人意的前辈和领导,是同道中人,心中对老刘多了一丝好感。

可是,好景不长,老刘、青峰这一老一少的"健步组合"还没"出道"几天,就有其他人加入了他们的"健步"队伍——一位大腹便便的"油腻大叔"赖老板。

"这位是赖老板,我们脚下这条路有他的功劳,他也想来锻炼身体,都是同'道'中人。哈哈哈!"老刘介绍道。

青峰突然想起今天看的几个项目合同,施工方签字都写着"赖某某",想必就是这位赖老板吧。

"为人民服务,为人民服务,乡里许多项目还需要你们多关照。"赖老板谄媚笑容堆积在油腻的脸上,"青峰小兄弟,抽根烟啊。"

青峰心里想,既然来锻炼身体,怎么还抽烟呢。"不了,我不抽烟,谢谢。"只好赔笑,婉言拒绝了赖老板。

老刘却接过了烟,笑着说:"饭后一根烟,赛过活神仙。"赖老板赶紧递上打火机。

三人走了一段路,一开始还是聊一些家长里短,到后来就开始聊到工作,继而聊到工程项目。青峰参加工作不久,还不太熟悉业务,当老刘和赖老板说到"预算书""结算书""审计"之类话题时,逐渐插不上话,他只好转头看风景。

"青峰,青峰。"老刘在一个岔路口叫住了走神的青峰。

青峰回过神,看向他们。"赖老板说往这边走。"老刘指了指右边岔路,继续说道。

青峰疑惑,平时他和老刘都是向左沿着稻田走,因为往右边岔路是通往商铺和夜市,太过于喧闹。

"青峰兄弟,走路渴了喝喝茶,我让贾老板在那边开好桌啦!"赖老板解释道。

"是啊是啊,走路确实渴了。青峰,我们往这边走吧。"老刘接过赖老板的话。

青峰心想,今天还没走多远呢,老刘怎么就渴了。青峰觉得运动量还没达标,只好拒绝了,"我还想多锻炼一会儿。"青峰不好意思地说道。

老刘也不强求,说道:"不来你可别后悔哦,哈哈哈。"转头对赖老板说,"年轻人体力好,还能继续锻炼,我们比不上。"

"比不上比不上,确实比不上。"赖老板附和道。

青峰看着老刘与赖老板走向了茶馆,心里有些顾虑,却说不上来那种滋味。

青峰掏出手机看了看微信步数,任务还没达标,便不再多想,继续运动。

次日,老刘继续约青峰一起健步走,青峰打算将自己的顾虑告诉老刘。

"刘副站长,乡里现在有几个扶贫项目,都是赖老板做的,我们是不是该与他们保持一定的距离呢。"

"这你就不知道了,现在的社会讲的都是人际关系,不和老板们搞好关系,他们怎么给乡里好好修路呢,需要他们的支持啊!"老刘不以为然,"教育"起青峰。

"不是有第三方监理公司监督施工方吗?"青峰不解。

"昨天请喝茶的贾老板就是挂靠在那家监理公司的。"老刘略显得意道,"跟他们搞好关系,他们才能为我们省钱,工程才能按时交付呀。"

"建设费用不是上级部门根据设计预算拨下来的吗,省下来的钱拿哪儿去?"青峰追问。

老刘面露难色,"都是为了乡里……"回答略显敷衍。

青峰并不满意这个回答,但此时老刘的手机响起,青峰便不再追问。

给老刘打电话的正是赖老板,电话那头表示想继续约老刘喝茶,老刘开始也推辞,后来经不住赖老板几句劝,便答应了。刚挂电话没多久,就看到赖老板的宝马车停在了昨天那个岔路口。

之后的很长一段时间,赖老板隔三岔五在岔路口"等候"老刘,老刘也欣然赴约,"健步组合"只剩青峰一人。

再后来,青峰被安排担任驻村工作队员,便离开了乡扶贫工作站。

驻村前,青峰最后一次去健步走,再次在岔路口看到了老刘上了赖老板的车。青峰看了看喧嚣的夜市,闻到空气中开始弥漫烧烤的味道,再看着被老板们簇拥的老刘,虽然有些诱人,但青峰感到自己与老刘已经不是同"道"中人了。

……

"乡扶贫工作站副站长刘某某,违反中央八项规定精神,多次接受工程项目承建商可能影响公正执行公务的宴请,甘于被'围猎',利用本人的职权和职务上的影响,为他人在项目承揽等方面谋取利益并收受财物……刘某某在小恩小惠前丢了原则,积小贪成大贪。本是为群众铺就的'健身路',却变成了他自己的'致富路',值得大家警惕、深思。"

一年后,青峰参加了乡政府召开的一场警示教育大会,前同事老刘成了会议的"主角"。这让青峰触动很深,鲜活的案例就发生在身边。

"路漫漫其修远兮,吾将上下而求索。"青峰健步走在老刘主持修的健身路上,回想老刘曾经念的诗句,他自言自语道:"漫漫人生路,有所求有所不求。"

曾经是同"道"中人的老刘,却因为没有经营好自己的"朋友圈",交错了人选错了路,就一步一步走上不归路。

青峰再次走到那个岔路口,已经看不见赖老板的黑色宝马车,却多了一条醒目宣传标语,上面写着:"走好健康人生路,清正廉洁第一步。"

(李 童 李原旭)

# 错误的报恩方式

"咦？高铁征地面积我家怎么达到了7分呢，走之前我自己估算了一下，最多就4分地呀。"外出打了一个月零工的王成看着村口的公示疑惑道，接着赶紧回家去问情况。

"老婆，高铁征地面积我们家怎么多了啊？"一进家门王成边喝水边对爱人喊道。

"嘘，小点声，我炒完菜跟你说！"爱人神秘兮兮地回道。

"这次征地多亏了你表弟张驰，改天你空闲了一定要去好好感谢人家。"饭桌上，爱人不紧不慢地说。

"张驰？为啥要去感谢他？"听完爱人的话，王成更加疑惑了。

"你个呆子，你表弟在你出去打工的第二天就被提拔到我们灵河乡了，好像是副乡长来着，这次高铁征地工作就是他负责，权力大着呢！"爱人羡慕地说道。

## 错误的报恩方式

"你的意思是我们多出来的部分是张驰帮我们量的？"王成半信半疑地问道。

"不是他，还能有谁？他带队来我们村开征地推进会的时候专程来看我们，我特意送了些土特产给他，请他多关照了！"爱人得意地说。

"糊涂啊，千万别捅娄子！"说完，王成连晚饭都没吃就急匆匆赶去县城张驰家了。

"表弟，高铁征地你怎么帮我们家多量了这么多？"张弛刚开门，王成就赶紧问道。

"哥，以前我家穷，你和嫂子可没少帮我。现在我有能力了，也该好好报答你们了。吃饭没有？一起搞两杯？"说完张弛拉着王成往餐桌走。

"弟，你记得我和你嫂子对你的好，我们就很满足了，但是你不该为了我们犯糊涂啊！"王成急切地说道。

"没多大的事，这次事已经办好了，你就别担心了，以后我都秉公办理就是了。"张弛有点不耐烦地回着，"来，好久没跟你喝酒了，我们先干一杯。"

"张弛，这多出来的征地款我拿着可睡不着啊，你要是真念及我们的兄弟情，你就听哥的话，咱们把钱退回去吧，这样心里踏实。"王成自顾自地喝了一杯酒后坚定地说道。

看着没读过几年书的表哥这么坚定地要退钱，张弛面上不说，心里却犯起了嘀咕：表哥因为这多出来的征地款睡不着，我又何尝不是？自从帮表哥多量了地之后，每天眼皮都跳个不停，心里也总放不下。看来，我感恩的方式错了，不该用公权力报私恩。

"表哥，你的话让我很是羞愧呀，我感觉我的政治觉悟还没你高。"张弛羞愧地说，"表哥，明天你陪我去县纪委吧，我去主动承认错误，你把多出来的征地款退缴。"

听到这儿，王成悬着的心终于放下了，"来，我敬你一杯。"王成主动端起酒杯跟张弛喝了起来。

第二天上午，县纪委门口出现了王成和张弛的身影……

(刘祖兴　邓飞鹏)

# 谁"太蠢"？

"太春呀，我打听到了，今年县里事业单位编制空缺不多，到县里上班这事有点难办……"杨局长顿了顿，眼神闪过一丝狡黠，双手食指交叉对着旁边李太春比划了个"十"。

李太春，今年三十多岁，大学毕业后参加各种考试，五年前终于考进了镇计生站。

因为父母岁数大，身子不如从前，乡镇卫生院医疗条件有限，为了方便就医，李太春一直想找机会调到县里。得知远房表舅在县里当局长，李太春多次联系这个"当官"的表舅。今天正好表舅到镇里检查工作，趁别人不注意，他便悄悄跟表舅说起这事。

"表舅，您也知道我家的情况，我爹只是一个农村退休教师，母亲就是一个老实本分的农民。您说的这个数，哪怕我在乡镇干一辈子，那点工资也凑不到啊！"李太春为难地搓着双手。

"你是家里的独子,好不容易才考进了镇计生站事业编,工作能力大家都有目共睹,但每次提拔或者晋升,都轮不到你。"杨局长看到李太春没有明确表态,接着说:"你也不想在镇里待一辈子吧!"

"表舅,这个'数',我还要回去和家人商量商量。"

"这还用再商量?我作为长辈,都已经决定拉下我这张老脸冒险去帮你,你可别在关键时候掉链子哦。这个'数'没到位,我想帮你打点调动的事都没办法。"

"表舅,这事还是让我再回去想想吧。"

"我看你啊,别叫李太春了,干脆叫李太蠢得了!你自己好好想想吧!"话毕,杨局长头也不回,快步走开了。

当天晚上,李太春回到家吃饭的时候,想了好久,还是决定和父亲商量杨局长白天说的事情。

"你这是中了什么邪!这些乱七八糟的事情听谁说的?难道你认为那些当上领导的都是走歪门邪道来的?"父亲反问李太春。

"跟我同年考上的同事,不都'这样'到县城上班了?我勤勤恳恳在乡镇五年了,年年优秀,但是就是没有提拔的机会。"李太春不服气地说。

"没能提拔肯定是有什么不足的地方,说明还得继续努力。"父亲安慰着李太春。

"那这事您就甭管了,我再找其他人借借钱想想办法。"李太春不耐烦地埋头吃着饭。

"你这叫行贿,你清楚吗?这是违纪违法的啊!你……你……你真的太蠢啦!"李太春爹用力地拍了拍桌子,"我警告你,你要是再敢动什么歪心思,就不要认我这个爹!"说完,起身回了房间。

李太春被父亲这次重重的"拍案"彻底惊醒了。

自那以后,李太春就再也没有和这个表舅提过调动的事,心里暗暗发誓一定要通过自己的努力靠真本事考进县里,走出自己的一条路。

不久后,李太春终于通过自己的努力成功考进县纪委监委。

一天,同事交给李太春一份厚厚的已经整理好的材料,是关于行贿受贿的案件,且被审查调查人现在已经在谈话室了。打开材料,看到了被审查调查人的名字,李太春心里"咯噔"了一下。再翻到材料盒里一沓银行往来流水单,转入的金额都很大,其中有几个转款人姓名他特别熟悉,那是同期和他考入乡镇工作的同志。

"你好,我是县纪委监委工作人员,叫李太春……"盖上材料盒,推开谈话室的门,李太春向被审查调查人进行了自我介绍。

对方看到李太春显得十分惊讶,抬起头看着他小声嘀咕着:"看来,你不是太蠢,我才是啊……"说完,昔日无比风光的杨局长羞愧地低下了头。李太春也随即主动申请回避,未再参与杨局长一案的审查调查工作。

(王湘瑜　韦秋伶)

# 最后一次

"谈局,碰了这杯酒,咱约定的那件事就算定下来了,过几天我再带些特产去找您喝茶。"赵老板边说边将酒杯向谈鑫局长的面前送过去。熟悉谈鑫的人都知道,他最大的喜好就是喝酒,尤其是喝茅台等高档酒。他也通过这样的酒局,认识了各行各业的"朋友",成为酒楼会所的常客。

"好说,这点事我打个招呼就能安排妥当,你就放心吧。来,干了!"谈鑫与赵老板碰杯后便将杯中酒一饮而尽。

酒局上,谈鑫局长和商界的"朋友"推杯换盏,聊得热火朝天,殊不知在他们觥筹交错之时,他们共同的好友钱老板因工程质量问题,涉嫌向公职人员行贿,正在接受市纪委监委的谈话。

回到家后,谈鑫躺在沙发上醒酒,抬眼看到一柜子朋友们送来的各式各样的礼品,临近退休的他不免回忆起当年担任建设局副科长时第一次收礼的情景：在一次酒局之后，钱老板听说谈鑫没有开车来，就主动让自己的司机"顺路"送他回家，谈鑫看到钱老板这么热情也不好拒绝，就点头答应了。没承想谈鑫一下车，钱老板就让司机从车后备厢拎出两瓶茅台往他手上塞。

谈鑫惊讶地说道："老钱，你这是什么意思？"

"谈科长，听说你就好这口，这不是小弟的一点心意嘛。"钱老板缓缓地说道。

"这可不行，这可是让我违反纪律呀。"谈鑫马上回应道。

"你不说我不说有谁知道？再说朋友之间送点小礼物不是很正常吗？"看着谈鑫犹豫，钱老板继续怂恿。

听到这儿，谈鑫觉得有些道理，又担心双方关系搞僵，就没有再拒绝，便战战兢兢地收下了。

在那之后，谈局长就像打开潘多拉的宝盒一样，给他送礼的人源源不断，当然送礼的人都会找他帮些"小忙"。

谈鑫每次收礼之后都会对自己说：这是最后一次！

这仿佛成了他收礼后的口头禅，但是贪婪的欲望驱使着他一次次地将礼金纳入囊中。

"谈局，上次的土鸡味道如何？"只见赵老板提着一个黑色的包敲开了谈局长的门。

"赵老板带来的，都是好东西，味道肯定没的说。"谈局长一边让赵老板进门,一边心领神会地把门关上。

"今天赵老板怎么有空登门拜访?"

"还不是因为上回和您说的那件事成了嘛,这回专门来给您送点茶叶。"说着,赵老板从他那黑色的大包里掏出了一盒茶叶,刻意在盒子上重重地拍了拍。

"太客气了,赵老板,这点东西找个人送我家里就好了,还劳你亲自跑一趟。"谈局长边说边接过茶叶,心想这盒茶叶怎么比看起来重很多。

赵老板离开办公室后,谈局长打开了茶叶的礼盒包装,果然,茶叶下边放着两根金条。谈局长若有所思地点了点头:赵老板果然还是厚道,不过这应该是退休前最后一次收礼了吧。

"咚咚咚……"谈局长刚把"茶叶"放好,门外就传来重重的敲门声。谈局长刚说完"请进",几名穿着白色衬衫和黑色裤子的人就推开了门。

"谈鑫,你涉嫌违反中央八项规定精神和廉洁纪律,市纪委监委已经决定对你立案审查调查,请你跟我们走一趟。"纪委的同志将立案决定书递给谈局长,说道。

听到这话,谈局长双脚吓得发抖,颤颤巍巍道:"这真的是最后一次啊!"

(卢德仁)

# 贪　欲

我是贪欲，以吸食人的欲望为生，无形无色无味。欲望越强烈，越能满足我，我诱发人们产生贪念的力量也就越强。我在这人世间飘荡，看尽人心无常，领略人生百态。

我爱看戏，最爱看人为钱、为权、为美色冲昏头脑，沦为钱、权傀儡而不自知，一步步走向深渊的戏码。这不，好戏登场了。

"小谭县长辛苦了，这是我养的土鸡，感谢你帮我们村脱贫致富，还找医生帮我小儿子治病，我实在不知道该怎么感谢你啊。"小康村隆大叔拿着两只肥硕的土鸡，眼含热泪动情地说道。

"大叔客气了，您的心意我心领了，土鸡我不能拿，带领乡亲们脱贫致富是我应该做的事，生活上遇到什么困难都可以跟我说。"谭遇亲切地握着隆大叔的手，语气真切诚恳。

## 贪　欲

一旁看到这一幕的群众王雷感慨道："小谭县长是真的好！没有一点官架子，下来视察甘蔗生产，和我们在田间一同吃粥、唠嗑，还帮我们联系老板销售村里果蔬、鸡鸭，让我们过上好日子。""对呀对呀！还没遇到过像小谭县长这样接地气的领导。"另一群众点头附和。

谭遇自担任副县长一职，以亲和有礼的态度、接地气的工作做法俘获了群众的心，群众亲切地叫他"小谭县长"。

"谭县长，我是蔗肥公司的周立，想找您汇报关于和蔗农签订购销蔗肥工作……"

"周总，实在抱歉，最近比较忙。"

周立几次三番以洽谈工作为由约谭遇出来吃饭，都被婉拒了。久而久之，商人圈就有风声传出：新任的副县长是块硬骨头！市里还要推荐他做勤廉榜样的代表呢，看来有点难搞啊！

刚接受市里的采访回到家，谭遇拿起自己的备用手机："王董，货已收齐，你静候佳音吧。"谭遇来了个舒服的"葛优躺"，轻快的音乐伴着香醇的红酒，沉浸在手中的权力带来的无限尊荣之中。

大榕树下，随着一张报纸的到来，小康村的群众炸开了锅："你看新闻了吗？没想到小谭县长竟是这样的人！""我还以为是个为民办实事的好官，没想到……""真是太令人惋惜了。"群众议论纷纷。

在一篇《"两面人":小谭县长还是"大贪"县长》的文章中赫然写道:谭遇利用财务制度漏洞蚁食公款;通过未实名手机卡、变声器等通讯设备与外省王董、邓董、谢董等密谋联系,暗箱操作拿到不少工程项目后,从中获利多达一千多万元;以亲戚名义购买别墅、车辆;等等。

留置点,星光点点。"我愧对党和人民,贪念一起,思想防线一崩溃,便再也无法回头了……"谭遇低下头忏悔道。

自以为能瞒天过海实则愚不可及,这场戏实在是精彩,看得我忍不住鼓掌。世人总以为自己是把控戏剧的导演,殊不知自己就是唱戏之人。让我看看,接下来又有哪些好戏上演呢?

(钟思羽)

# 空头支票

新春伊始,古老的灵渠畔一派生机勃勃的景象。性格开朗、能说会道的灵河村委会副主任龙兴却突然沉默不语,闷闷不乐。

原来,今年年初村"两委"又要换届了。这次换届与以往大不相同,要实行村党支部书记和村委会主任"一肩挑",要求候选人年龄不能超过55岁。龙兴和现任村委会主任黎民是本届"一肩挑"的热门人选,两人都表现出一副志在必得的样子。

选举前两天,龙兴变得更加焦虑,因为据他估算自己可能会比现任村委会主任少4票,这可把他急坏了。

入夜,平时爱喝酒的他连酒也不喝了,只吃了半碗饭就把碗撂在一旁。他一支接一支地抽着闷烟,苦苦思索如何在村"两委"换届时胜出。突然,他想起了关系比较好、经常在一起吃饭喝酒的"一根筋",认为这个人应该可以帮上忙。他大腿一拍,自言自语道:"对,就找他帮忙!"他将手中的烟屁股扔在地上又狠狠地踩了两脚,便出门找"一根筋"去了。

"一根筋",本名陈祥,长得黑不溜秋,五短身材,却肌肉结实,有一种天不怕地不怕的架势。他打小性格固执,认死理。只要做通了他的工作,他就会死心塌地帮忙。

龙兴马不停蹄地赶往村头小卖部买了两包50块钱的真龙烟,然后敲开了陈祥家的门。

"一根筋"让他进屋坐下,然后递上一支烟。

龙兴左手挡住"一根筋"递烟的手,右手递上一支真龙烟:"来,抽我的!"

龙兴一边将一包没打开的真龙烟塞进"一根筋"的上衣口袋,一边说:"兄弟,有个事请你帮忙,这次选村党支部书记和村委会主任,我预计会比黎民少几票,你是我最信任的人,你家族里面陈全和陈功两家共7票是关键,如果他们支持我的话,我就有机会胜出。成功当选之后,我一定想办法帮你父母弄个低保!"

此话一出,"一根筋"就动心了,因为近三年来他一直想为父母申请低保。但是村委会主任黎民了解到"一根筋"每年种植葡萄有可观的收入,不符合申请低保的条件。

"我保证完成任务,龙哥当选了,我们就有好日子过了!"说完,"一根筋"就拿出一直舍不得喝的两瓶好酒找陈全和陈功去了。

直到深夜,"一根筋"才醉醺醺地从陈全家出来,嘴上还一直念叨:"我兄弟当选了,我父母办低保的事就有着落了,嘿嘿……"

几天后,选举结果公布,龙兴以3票微弱优势胜出,成功当选为村党支部书记和村委会主任。

"一根筋"高兴坏了:"这次龙兴能当选全靠我帮忙,这下他可得好好感谢我吧。"

"一根筋"开心地将父母申请低保的报告递给了龙兴。可转眼几个月过去了,今年申请低保的人员都公示三批了,唯独没有自己父母的名字,这让"一根筋"郁闷坏了。

一天下午,他借着酒劲气鼓鼓地跑到村委会办公室,看到龙兴便上去气冲冲地问:"你当初承诺我的,为什么一直不帮我父母办低保?

只见龙兴不紧不慢地给"一根筋"递上一支烟。"兄弟啊,我本来也想帮你解决这个问题的,但是,上级有硬性规定,你家不符合申请低保的条件,我也是没办法呀!"

"一根筋"根本听不进去,甩下一句"我跟你没完!"便气冲冲地扭头走了。

龙兴心想:"哼,就是给你开空头支票,量你也奈何不了我!"

三个月后的一天上午,按照镇党委通知,灵河村党支部召开全体党员大会。龙兴一大早就带领村"两委"班子成员布置好会场,准备了茶水,兴致勃勃地迎接上级领导和全体党员的到来。

在全体党员会议上,镇纪委领导宣布:根据群众举报,经查实,龙兴同志在村"两委"换届期间,以村民需求为"饵",许下了各式各样的承诺来拉票,如帮助申请低保、帮助申请危房改造指标等,在群众中造成了极其恶劣的影响,严重违反了换届纪律。根据《中国共产党纪律处分条例》的规定,给予龙兴同志留党察看二年处分,责令辞去村委会主任职务,其所任村党支部书记、委员职务自然撤销。

听完决定,全场一时鸦雀无声。龙兴耷拉着脑袋坐在一旁,像秋后的茄子,顿时蔫了。

(刘祖兴)

# 绝不害你

"张局长,收下吧,绝不害你!"酒店包厢里,郝老板正笑眯眯地递给张局长一张200万元存款的银行卡。

"使不得!使不得!万万使不得!"第一次面对贿金时,张局长诚惶诚恐,一番推辞后,用颤抖的左手接过了银行卡。

"龙河大道东面一宗商住综合用地开发使用权,张局长能否助我一臂之力,事成之后,不管以后什么项目,利润的30%表示感谢。"张局长收下银行卡后,郝老板举起酒杯向张局长致敬。

经过张局长的运作,郝老板如愿以偿,逼退各方竞争对手,让项目落入囊中。

此后,郝老板时常邀约张局长一起外出吃饭、打牌、旅游,两个人的关系逐渐升温,并海誓山盟结为异性兄弟——共患难,同富贵。

此时的张局长,只顾着"同富贵"的美梦,却全然没有注意到自己正一步一步地走进郝老板精心设置的陷阱。

没过多久,因机构改革和职务调整,张局长不再分管土地项目,而此时,郝老板正瞄上另一宗商住综合用地。

"兄弟呀,不是不帮你,而是难度增大,不好操作了。"张局长很为难。

"继续拿地给我,我们还是兄弟,利润也按之前的约定给你;要是兄弟做不了,别怪我无情,你就等着进牢子吧。"眼见张局长不肯帮忙,觉得自己的付出都打水漂了,郝老板怒火中烧。

"我们是共患难、同富贵的兄弟,你绝不害我的,对不对?你送的钱,我都可以退给你!"面对郝老板的要挟,张局长感觉像是晴天霹雳,进退两难。

"兄弟,我和你只是酒肉兄弟。要知道,断人钱财,犹如杀人之父母,不共戴天!退钱有用吗?"说完,郝老板扔下一盘刻有张局长受贿情节的光碟,扬长而去。

"上贼船易,下贼船难,从头到尾就是个圈套!可惜了,可惜了,可惜了。"张局长看清楚郝老板贪婪狰狞的真实面目后懊悔不已,胆战心惊,寝食难安。

"思前想后,早点投案才能早点解脱,逃避终究不是办法,与其担惊受怕受人胁迫操纵,还不如主动投案。"在纪委监委的谈话室里,张局长坦陈,"理想信念滑坡,放纵自己的欲望,无视党纪国法,落入了陷阱无力自拔,最终'放倒'了自己。"

"行贿与受贿是一个藤上结出的两个'毒瓜',坚持受贿行贿一起查,顺民心,应时势。"张局长到案后,纪委监委对郝老板采取了留置措施。

(谭克向)

# 临别家书

阿媛：

　　见字如面。

　　好久没写信了，拿起笔一直犹豫着怎么开头，想问一问家中情况，又觉得不妥，出了我这档子事，家里情况可想而知。过两天我就要到外地服刑了，思来想去，还是有些话想对你说。

　　听闻有亲友责怪你不顾夫妻情分去纪委举报，毁了我的大好前程。开始我也是这么认为的，但从被留置到被判刑的这几个月里，我经历了从心存侥幸拒不配合到卸下防备全盘交代的过程。当一切都归了零，我想明白了，阿媛，你做得是对的，如果当初你没有去举报，我可能会在贪腐的泥潭里越陷越深，真正把我送进监狱的人不是你，是我自己。

　　刚从学校毕业那会儿，我也曾是个一心想着为民办实事、为社会作贡献的有志青年。在乡镇工作时，每天和群众打交道，为他们调解纠纷、解决难题，参加过造林灭荒、计划生育等各个时期的中心工作，不管多苦多累从无怨言，干部、群众对我都交口称赞，年年被评为先进个人，并得到了组织的认可，三十出头就升到了副处级的职位，周围人都说我年轻有为，将来一定前程远大。

就在刚升职的那年春节，我们去堂哥家拜年。当他戴着名表端着茅台向大家敬着酒，一圈圈地散烟的时候，亲友的赞叹声不绝于耳。我有点自卑了，觉得自己十年的努力还不如堂哥在外两年的发迹。

金钱给人的冲击力真的比权力更直接。尽管我的职位不断升迁，但每每看到那点微薄的工资、家里狭小的房子，我心里就有些不自在。人一旦不安于现状，就会想着改变，有人选择积极向上，而我选择了沦落泥底。

和我一起被判刑的贾为是我高中的师弟，我的"第一桶金"就是他给的。当年他在乡镇任职的时候，客观来说能力很一般，有两次还因为工作滞后被全市通报。在班子换届调整的时候，他找到我说想调回县里重要部门，希望我能帮他一把。考虑到他的工作能力，开始我没有答应，后来他三番五次找上门，以各种理由送礼物送钱，数额越来越大，我的心理防线逐渐崩塌了……后来，在我的极力推荐下，贾为当了住建局局长，那几年房地产开发很热，他趁机狠狠捞了一笔。现在想想,我当初帮了他,也等于害了他。

贪腐的"口子"一旦撕开,就很难堵上。后面十来年的违纪违法事实我在留置期间都向组织交代了,在此就不跟你复述了。

记得当初我给家里买了套大房子的时候,你连连追问我哪来那么多钱?我很心虚,没敢给你看购房合同,骗你说是借的部分首付贷了款买的,其实我当时付了全款,花了一百多万元。后来我又买了辆新车,逢年过节开着它穿梭于亲友之间,接受他们艳羡的目光。你逐渐察觉到了异样,跟我谈了几次,劝我悬崖勒马,但我不知悔改,仍一意孤行。我辜负了你的信任,更辜负了组织对我的培养。

都说一步错,步步错。如今我被双开了,房产、车子已被查封扣押,赃款也都上交了,这些用来满足我虚荣心的东西就这样一步步地把我拖进了腐败的深渊,无法自拔。

阿媛,对不起,我错了!但这个错认识得太晚,晚到一切都已无法挽回了。人生没有如果,再多悔恨的话语,也无法抚平我对你和家人造成的伤害。若将来还能有改过的机会,我一定坚守初心,清清白白做人,踏踏实实做事,决不给家人添堵,不给组织抹黑。

孩子快要毕业步入社会了，让他以我为鉴，勿入歧途。

盼家中一切安好。

　　　　　　　　　　　　　　　张守

　　　　　　　　　　　　××年××月××日

（银兰娟）

# 主动交代前夜

近来胡大有的失眠症越来越严重了,此时已近凌晨三点,他躺在床上翻来覆去就是睡不着,虽然感觉浑身已是精疲力尽,但脑子仍在清醒地转着。

今天在全市警示教育大会上播放的专题片里,胡大有看到了交通局原副局长李权,那是他的校友,几年前参加聚会还一起同桌吃过饭,两人相谈甚欢。如今的李权因违纪违法身陷囹圄,镜头里的他声泪俱下,悔不当初。大会还通报了刚查处的几起典型案例,都是身边人身边事,让胡大有胆战心惊。最让胡大有如坐针毡的是会上发布的一个通告,大体意思是说纪委监委目前已掌握了几个党员干部的违纪违法证据,敦促相关人员主动到纪委交代问题,争取从轻处理。会议结束,胡大有只觉得脑子里嗡嗡作响,这大冬天的,后背全是汗。

胡大有心里忖量着,纪委说的这几个人员名单里面有没有自己?如果有,不主动交代的话,后果不堪设想,但如果没有，去了岂不是自投罗网？

胡大有实在躺不下去了，干脆爬了起来，从床底下摸出一本笔记本慢慢地翻看。笔记本里记录着几十笔扣留、挪用资金的往来账目，这就是让他睡不着觉的源头。作为一个财务主管，胡大有充分发挥了他的专业优势，每一笔账目都列得一清二楚，出账时间、资金名目、转入的卡号、归还的时间等，开始只是几千元，后来到了一二十万元，前后两年，从中获利 9 万多元。

几千元的通常是被胡大有用来吃喝玩乐应个急，过一段时间手头松了就还回去，大额的都被他拿去做了投资。例如，去年 7 月这笔 15 万元，是修一条屯级路的部分尾款，按合同约定，项目验收完毕后要在 7 个工作日内结清相关款项。胡大有在出账时将其中的 15 万元转入了个人账户，对施工方说，上级认为原有的工程质量保证金数额太小，为保障工程质量，需要再留存 15 万元当保证金，半年后再返还。在这半年里，胡大有用这些钱炒股、放贷、买基金，小赚了一笔之后再转给施工方，其中的猫腻只有他自己知道。

胡大有一边看一边回忆一边犹豫，到底是去还是不去？脑子里两种声音在反复较量。最后，他又回想起今天的警示教育大会，那些被查处的人哪个不是开始心存侥幸，最后东窗事发的？自己这些违规操作又能隐瞒多久呢？与其天天提心吊胆，不如主动交代，或许还能有改过自新的机会。

下定决心后，胡大有感觉心里的一块大石头落了地。窗外渐渐亮了，他穿好衣服，把笔记本装进公文包，打开房门走了出去……

(银兰娟)

# 好好学习

谈话室里,青山镇副镇长王庆明目光有些呆滞地看着茶水里冒出的阵阵热气,他万万没想到,刚被提拔为副科不到三个半月,就被县纪委监委请来"喝茶"了。恍惚间,他思绪飘飞,脑海里浮现出一个多月前参加全县新提拔副科级干部任前培训班时的场景。

"王镇长!好久不见,现在您可是我的父母官了,以后还请多多关照啊!"

"去去去,马猴子,你少在这里阴阳怪气的。"看着发小马文装腔作势点头哈腰打拱手的样子,王庆明照着他肩头就是一拳。

"倒是你,现在可是'县领导'了,以后有什么检查可得提前告诉一声,别搞得我们手忙脚乱的。"王庆明一边说着,一边熟练地递了一根"大龙"过去。

"哟,好烟,提拔之后生活水平大幅度提高啊。"马文接过烟打趣道。

"嗨，现在接触的人毕竟跟以前不一样了嘛……今晚我已经约好人一起搞活动了——'扯大二'，你也来呗！"王庆明冲着马文使了个眼色。

"算了吧，现在培训时间安排得这么紧张，哪里还有精力，再说了，明天上午的课可是专门讲党风廉政建设的，听说县纪委的领导会结合实际案例来讲课，其中有一些是跟我们一样的年轻副科，我们得认真听，免得重蹈他人覆辙啊！"马文劝说道。

"没事！我在乡镇待了这么多年，从没出过问题，就是因为原则坚持得好……你这家伙，还是跟以前一样毫无生活趣味，你就自己好好学习、天天向上吧。"王庆明无所谓地说。

当天晚上，王庆明返回宿舍时已经快凌晨三点了。第二天上午的课自然也是没听进去半点，只迷迷糊糊地听到一些"建立亲清政商关系""不吃公款吃老板"之类的内容。

"喂？小王镇长吗？我是老曹啊，村里的金秋砂糖橘示范点今年大丰收，您有空过来指导一下吗？正好今天我们家杀猪，大家一起热闹一下嘛！"某个星期六上午，水果收购商曹老板打电话给王庆明。

"嗯……怕是不大方便……"王庆明有些犹豫。

"有什么不方便，朋友之间吃顿便饭不违反规定吧？再说了，我们是请您下来指导工作的呀！"曹老板打断了王庆明的话。

"好吧,我待会儿就过去。"王庆明经不住再三邀约,便说服自己"只是去朋友家吃一顿便饭而已"。

"小王兄弟,这里有个事需要麻烦您一下,最近县里发文件说可以申报农产品补贴,您也知道,我在青山镇搞水果种植和收购这么多年了,去年还得了县里的先进单位和种植大户,各方面条件肯定符合,现在需要镇里分管领导给我签字证明,您看……"酒过三巡,曹老板拿出了一张申请表。

"这个嘛……我晓得……镇里的农业工作……我分管的工作……老哥你很支持……"几杯高度酒下肚,王庆明说话已经开始有点结巴了,他接过申请表扫了一眼,没多想就签了字。

之后没过多久,王庆明就接到了县纪委监委办案人员的电话。

"王庆明,我们收到县农业局移交的线索,青山镇水果收购商曹某以虚开票据的方式,伪造收购数量套取收购补贴……我们在调查中发现,你存在违规接受吃请,以及未经审核出具证明等行为。"谈话室里,王庆明终于明白了"好好学习"的重要性。

(唐显才)

# 做人清白最重要

陈君刚从招标预备会现场回到单位,就被保安拉住:"陈局,有人找你,在门口等半天了。"

在办公大楼的一个角落里,远远能看到一个瘦削男子的身影,黝黑的肤色与雪白的墙壁形成强烈的对比。

"大哥!"陈君热情地招呼大哥陈华进入市住建局局长办公室。

刚落座,陈华就急切地问:"君啊,我听说最近风声很紧,你放在我名下的那两辆车,到底是不是你的?"

这车是此次预备会上一个投标企业的"私有物品",还没来得及处理呢,这牛脾气的大哥怕是知道了什么。陈君不动声色地给陈华倒了杯茶,拍拍他的肩膀,"哥,别多想,是我的……"

一个娘胎里出来的亲兄弟,陈华知道这个弟弟肯定没说实话,他急得从椅子上跳起来,"哎,我说陈君,你是官做大了,脑袋昏了吧,到底是不是你的?"

"哥,你小点声。"陈君把哥哥按下,"你听我说,你弟弟我今年也才升任局长,这都是一些投标企业的心意。咱又没偷没抢的,起早贪黑的干事情,还不能偶尔拿点好处了?自家兄弟,别拆我台啊!"

陈华冷静下来,不说话。

他打小没有弟弟读书好,凭着手艺和诚信,好不容易成立了一家公司,尽管创业辛苦,但每一分钱都是自己辛苦换来的,踏实。

他抬头注视着陈君,才四十出头的人,头上白发斑斑,脸上的皱纹也格外醒目,看起来比实际年龄大得多。

陈君这些年跑工地,抓投标工作相当不容易。那些顺利施工的工程,背后都是他在日夜操劳。

陈华不忍再看下去,转身向着窗外,阳台上的君子兰向阳而生,耀眼夺目。

"君,这个好处真不能拿,咱们来世上走一遭,总不能清清白白地来,乌七八糟地走!"陈华沉稳地说,"最近妈总念叨你,有空了就回家看看吧,那些车,大!占地方,老人家行走不方便,你看着处理吧,该怎么样就怎么样!"

他顿了一下,"不当官了,哥还有公司呢!"

几滴茶溅落在办公桌上。

陈君知道,哥哥是个言出必行的人。他想起几个月前,一个收费站项目的投标企业打算邀请他参加"迎新会"。当时他正忙着跟母亲视频,错过了邀约的电话。

后来听说收费站出现坍塌,两个收费员被压死,纪委介入后发现,那场"迎新会"涉及台底交易金额达 50 万元,牵连出好几个领导干部。

"咚咚咚……"这时,一阵敲门声响起。

"报告,陈局,这些文件需要您审阅签字。"原来是办公室的工作人员来送文件,"外面还有两位纪委同志找您……"

陈君看着哥哥,无助极了。

做了错事就要付出代价,做人清白才最重要。

(颜　彦　谭珍滢)

# "进 步"

局里按照惯例召开春节前廉政教育会议,局长在会上进行廉政提醒讲话。

"要守住'底线'、不碰'红线',清廉过节。我平时虽然也反复强调,但是有的干部还是不当回事,明目张胆地拿着东西往我家里跑!我一概不收,当场全部退回!这种行为是要坚决制止的,以后任何人都不要再拿礼品去我家,去也是白去,我不会开门的!"局长义正词严地在会上提醒,话语铿锵有力,会场一片肃静。

听完局长的讲话,小李很是松了口气,感到十分欣慰,单位内部爱送礼的这股风总算是刹住了。他一向看不惯这种送礼走后门的行为,认为凭工作能力得到领导的赏识,得到组织提拔才是正道。

年后上班第一天,局长到各科室看望干部、职工,给干部、职工送上新年祝福后,局长走上前拍了拍小李的肩膀,语重心长地说道:"小李呀,你平时工作很努力,做出的成绩我都看在眼里，新的一年希望你继续加油，争取更大的成绩。今后你要多请教办公室的张主任，他经验丰富，有他指点，你将会得到更大的进步，我很看好你啊!"

"好的，局长，我会继续努力的!"听了局长一席话，小李斗志满满地说。

局长满意地点点头走了。

局里评选的优秀干部名单出来了，能力出众、口碑良好、呼声甚高的小李再次落选。小李有点想不明白了，他记起局长之前对他所说的话来，于是直奔张主任办公室，诚恳请教并说出自己的困惑。

"你确实一点都没有'进步'，局长都亲自指点你了，脑子还不开窍!"张主任摇摇头，凑近小李的耳朵，小声说了几句话。小李立马皱起眉头，吃惊转头回道："不是会上强调不要再送礼了吗?"

"你个猪脑袋!不能明目张胆地送，还不会用快递吗?现在快递这么发达，机灵点!要与时俱进!你没评上优，没得到提拔，就是比别人差这点啦。"张主任轻轻地敲了敲小李的脑袋。

小李的心情瞬间跌入低谷，耷拉着脑袋走出了张主任办公室，心想自己进入这个单位以来，从没向领导送过礼，原来局长春节后到各科室看望干部、职工时所说的话，竟是这个意思。小李此时才算真正领会到了局长对自己说话的真正"含义"。

小李突然失去了斗志,他不想随波逐流,但又看不到前途和希望,只好自我安慰道:是金子总会发光的。

没过多久,局长被纪委的人带走了。有传言称:某个大老板被抓后交代,他所贿赂的领导干部黑名单中有局长。

一时间局里不少人议论开了,直到两个半月后局长被免职调离,张主任和局里一些科长也被处理后,局里的人才从梦中恍然醒悟过来。

后来,一次偶然的机会,被免了职的张主任遇上即将提拔调走的小李,面带愧疚地感叹道:"小李呀,不是你不'进步',而是我的思想滑坡了……"

(覃仁艳)

# 我不抽烟

"巴哥,我申报的危房改造指标下来了,需要您签个字就可以领款了,谢谢您啊!"老实巴交的低保户老吴低声下气地讨好道。

"嗯,那好啊!现在指标少,争取一个名额难啊!你懂的,恭喜你哦!"巴哥不紧不慢把话拿捏得恰如其分。

老吴赶紧掏出刚买的十块钱一包的真龙香烟递给巴哥,像鸡啄米一样不断地点头附和:"是,是,是。"

可是,巴哥瞄了一眼没接,摆摆手轻言细语地说,"老吴啊,我不抽烟。而且我们叠辈分还是老表,不用客气。"说完起身,从兜里摸了根华子(中华牌香烟)叼在嘴里走了。

看着巴哥远去的背影,老吴待在原地懵了半天,才回过神来,一没接烟,二没签字,三未领钱,四叼口烟走了。

回到家里,老吴赶紧找见多识广的堂哥请教。"呜呼,

## 我不抽烟

你傻得可以了！你以为巴哥是什么人？灵河乡陡口村村'两委'班子里的名人，也是灵河乡的一块牌子，本事通天，没他做不成的事，所以男女老少都尊敬地叫他一声'巴哥'。"

"这个我知道，所以才托你找他帮忙的啊！"老吴唯唯诺诺道。

"佬佬拜，你只知其名，不知其性啊！"

"巴哥是不是在你递烟的时候说不抽烟，却从自己兜里摸了一根烟？"堂哥补充道。

"对啊，咋啦？"老吴不解地答道。

"你个猪大爷。巴哥讲我不抽烟，然后自己叼根烟走了，说明你发的烟档次太低，人家瞧不上，你的事现在就差签字才能领钱，你都没表示表示，他肯定不会帮你签啦。"堂哥恨铁不成钢地跺脚骂道。

"你又没教我……"老吴嘟哝道。

事后，经堂哥的斡旋，老吴请巴哥吃了顿饭，巴哥酒足饭饱后帮老吴签了字，然后拿着整条的华子烟、整瓶的银杏酒和一个鼓鼓的红包，摇摇晃晃地走了。

看着巴哥远去的背影，老吴笑嘻嘻地对堂哥说："哥，你的那份我给嫂子了。"

堂哥对老吴翘起大拇指，笑而不语，消失在茫茫人海。

今年村"两委"换届时,群众反映巴哥个人问题的举报信如雪片一般飞向乡纪委,巴哥被依规依法进行处理,个人的所谓"牌子"也倒了。

(刘祖兴)

# 一篮鸡蛋

最近,因为青山村危房改造指标评选的事情,打着各种旗号到村党支部书记赵金南家做客的村民来了一拨又一拨。每天送完客,赵金南就和老婆桂花兴冲冲地躲到房间"记账"去了,只见笔记本的最后一页,写着一个大大的合计,后面跟着数字"30000"。

这天,赵金南外出回来,刚踏进家门口,看到穿得破破烂烂的李福提着一篮鸡蛋坐在自家门口,赵金南鄙夷的神情表露无遗。

"赵书记啊,我家那只老母鸡刚下的鸡蛋,特地拿点来给你。"李福说话间赶忙将鸡蛋送到赵金南怀里。

"哟哟哟,你这是在干什么,平白无故送东西我不敢要。"比起红通通的"百元大钞",赵金南自然是看不上这一篮鸡蛋的。

"赵书记啊,听说这几天要开会评选今年的危改指标,我申请了好几年都没有选上,你看能不能帮我说说话,我那个房子实在是要住不下了呀。"李福乞求道。

"老哥,我看你还是先去向其他危改户'取取经'再来和我谈吧。"赵金南撂下这句意味深长的话后,不顾急得满脸通红的李福,径自把家门"嘭"的一声关上了。李福看着紧闭的大门,颇不是滋味,心想看来村里疯传赵金南每年都借着评选危改指标的机会向村民索取"好处费"并非空穴来风。想到这儿,他回家的一路上都耷拉着脑袋,盘算着今年汛期的时候去哪里避避难,家中那危房是受不起大雨的"摧残"了。

走到村口,只见村民们都聚拢在夏天常用来乘凉的那棵大榕树下,每人手中似乎都拿着一摞资料。按捺不住自己的好奇心,李福连忙将王二狗扯到一边询问。

"刚刚来了几个政府的领导,发了这些资料给我们,说是给我们了解国家的惠农政策。最主要的,听说最近查腐败查得严咧,还发了检举腐败行为的宣传单,上面还写有举报电话。"王二狗说话间冲着宣传单指了指。

"刚刚我们在商量,想着要举报赵金南哩,他收了村里好几个人的危改'好处费'。"没等李福搭话,王二狗压低了声音,显得神神秘秘的。

"这个有用吗?不是上面来装装样子的吧?"想起赵金南刚刚对自己的态度,李福有些愤慨,但又对这个所谓的"查处腐败"充满了怀疑。

"电视上最近总提到打'虎'拍'蝇',那些贪官被查总没有假的吧?要是真的,大家的血汗钱不就要得回了。要是没人敢举报,我来!"王二狗义正词严的样子让李福又多了些敬佩。

也许是王二狗把他的豪言壮语付诸了行动,赵金南终于尝到了自食恶果的滋味。

不久后的某天,李福从地里干完农活回来,只见大榕树下又聚满了村民,人群当中还围着一个戴着眼镜的年轻人。

"希望大家今后继续发挥监督作用,发现身边的党员和干部有腐败行为,及时向我们举报,我们一定会维护大家的利益!"年轻人的话掷地有声。话音一落,村民们的掌声不约而同地响起,李福也跟着大家,巴掌拍得"啪啪"响。

随后,年轻人在村民的目送下向停放在村外的车辆走去,透过车窗玻璃,只见车后座上坐着低垂着头的赵金南。

"估计赵金南要坐牢啰。"只听村民李贵看着赵金南的方向低声嘀咕。这下,李福感觉心中悬了好久的大石头放下了。他想,今年的危改指标自己应该有机会评上了,那份王二狗给他的《国家惠农政策汇编》里写得清清楚楚,像他这样的贫困户,可是农村危房改造重点对象呢。

那辆载着赵金南的轿车绝尘而去,只见赵金南老婆阿花手挎一篮鸡蛋跟着轿车屁股跑了一段距离后瘫坐在地上。

见此情景,李福心中涌现出自己提着一篮鸡蛋在赵金南家吃了"闭门羹"的场景,他不免感叹:阿花提着的那篮鸡蛋就像当初自己提的一样,根本起不了任何作用……

(陈艳红)

# 人生目标

"李方,今天是你刑满释放的日子,你收拾一下跟我们出去吧。"狱警说完便走到一旁。李方应了一声,赶忙把自己的东西打包好。临走前,他把手伸到枕头下,拿出一张字条,小心翼翼地揣进胸前的口袋,那字条已泛起了毛边,想必字条的主人经常拿出来看。

随着监区一道道大门打开,李方走在狭长的甬道,甬道尽头便是监狱高耸的大门。李方环顾着四周的高墙,思绪飘回到多年前……

五年前,李方涉嫌受贿,被监察机关留置。办案人员依法搜查其卧室时,压在枕头下的一张字条引起了办案人员的注意:至少捞够一个亿。

对于这张字条,李方后悔地说,这是他给自己立下的人生目标。

在家人眼中,李方一直是个品学兼优的孩子。大学毕业后,他考取了某单位的公务员。通过自己多年的努力,一路走到领导岗位。手中的权力大了之后,李方的身边逐渐围绕着越来越多来找他办事的人。

在一次同学聚会上,李方看到曾经班里成绩倒数的同学王涛当上了大老板,穿戴名牌,出入都有豪车接送,不禁心生羡慕。殊不知,这次聚会正是老同学王涛攒的局,是一场针对李方精心设计、别有用心的"围猎"。

推杯换盏间,王涛主动试探,称自己的公司有意承揽政府某工程,望李方帮忙运作一下,事后一定加倍感谢。

在王涛糖衣炮弹的攻势下,李方答应了在招标上给予其公司特别关照的请求。

顺利接下项目那天,王涛亲自提着两个大箱子到李方家,说是一点心意,工程交付后会给更多。

也就是在这天晚上,李方意识到钱可以来得这样快,于是他坐在书桌前,写下了那张关于人生目标的字条:至少捞够一个亿。

为了尽快完成自己的人生目标,李方不仅收钱,还主动暗示商人老板给其送钱。

终究纸包不住火。李方在接受纪委监委审查调查时,办案人员带他重温入党誓词。李方在党旗前泣不成声,认识到自己树立了错误的人生目标,背离了初心使命,导致走入歧途,悔之晚矣!最终,李方因犯受贿罪,被法院判处有期徒刑十五年。随着监狱大门的打开,李方看到了不远处等待他的家人。李方低着头,站在监狱大门的阴影里,眼里噙满了泪水。

他轻轻地拿出放在胸前口袋里的那张字条,随之往前迈出一步,和煦的阳光瞬间照在身上。

只见他缓缓地把字条打开,那上面的字在阳光的照射下显得格外耀眼,那是他未来的人生目标:清清白白做人。

(蒙　圆)

## "上镜青年"赢主任

"啪!"

局长一进副局长办公室就用力地把一摞材料往桌上一甩,气冲冲地对副局长说道:"看你推荐的人。"

副局长被局长一吼,有点蒙,弱弱地问道:"局长,小赢怎么了?"

"怎么了?怎么了?你还好意思问我怎么了?你自己推荐的人你都没有好好做调查的吗?我就是太信任你了,我的老脸都快丢光了!"

"小赢虽然出身不好,农村出来的孩子胆识和胆量相对于我们单位很多干部家庭长大的小年轻差了点,但是她懂得珍惜机会,工作态度很好,也很努力,周末朋友圈晒的又都是陪老人家干农活的简单生活,这样德才兼备又上进的年轻人,我推荐她代表我们单位去挂职有什么不对吗?"

"只是朋友圈的'上镜青年'吧,你跟她身边长期共事的同事认真了解过情况吗？去她老家了解过具体情况吗？"

局长继续说道："当时会场里有位领导就是他们村的，我刚报出名字人家就提出了反对意见，说得有板有眼的，开始我还不相信，散会后他带着我一起去他们村里了解了情况，我也惊到了！"

小赢的人生是逆袭的剧本，从小家境贫寒，在好心人的资助下才读上高中，为了早点毕业出来帮家里挣钱，好让妹妹也读上书，她选择了读免费的师范生，大专毕业后分配到家乡的村小学当了一名语文老师。经过一番努力考上了本地的公务员，短短几年时间历经多部门多岗位锻炼，还完成了在职研究生学业，终于在去年得到组织重用被提拔为副科级领导干部。

"她只记得在镜头面前作秀，回到父母家，每次都要换好几套衣服在菜地、厨房一通拍照，自己和老公在县城有一套商品房、一整栋楼房，最近刚换了一辆20多万元的合资车，据说还有别的资产，可她父母在老家住的是开裂的黄泥房啊！村里对她可是议论纷纷啊！"

"啊？"副局长被惊到了。

"回到单位后，我跟她长期共事的同事们认真了解后，才知她平常迟到早退，作为股室负责人不钻研业务却研究'茶艺'，同事们敢怒不敢言罢了！"

副局长一脸不好意思，局长继续说道："推荐去挂职的人选她是肯定不行了，你还得再跟纪检监察组组长对接一下，看看她才30出头，哪里来的这么多钱置办这么多产业，是不是真的像她老家群众说的有猫腻。"

不久后，赢主任就被纪委的人带走了，随之纪检监察网上刊登了其因涉嫌严重违纪违法接受纪委监委纪律审查和监察调查的消息。同事们再知道赢主任的消息便是纪检监察组的同志在单位的大会上宣读赢主任的处分决定，"在工程项目承揽、合同签订、设备采购、款项支付等事项上为他人提供帮助，谋取利益，非法收受他人送予的好处费共计33万元……"

"我曾以为只要我保持好寒门贵子的形象，小心点就不会被发现，胆大点才能拿到更多。"再次见到赢主任，她从"上进青年"变成了忏悔录里的"上镜青年"，没有了昔日精致的妆容，悔恨的泪水挂满了她蜡黄的脸颊。

（陶　春）

# "黑　马"

铁岭乡党政办公室,今天很热闹。

县委组织部的一份调整乡领导干部的决定,让大家瞬间炸开了锅。

"什么什么,谁任党政办主任?"

办公室干部小刘提高了声调,恨不得把自己心里的疑问一股脑儿传过去。

"张平军!咱办公室的张平军!"

"没想到,平时不声不响的张平军,竟然一下子成了我们的领导。真是真人不露相啊。"

此时,办公室资历最老的霞姐,看向坐在角落里的张平军,幽幽地吐出一句满带酸气的话。办公室其他几个人听了,也纷纷附和。

而这匹半路杀出的"黑马"张平军,此刻也是一脸不可置信。"自己这头任劳任怨的'老黄牛',终于熬出头了吗?"

"张主任,恭喜你啊。我就说嘛,你年轻有为,工作认真,领导不提拔你,提拔谁啊?"霞姐的眼角含笑,似一弯月牙儿。

甜腻腻的声音传到张平军耳里,像一波电流传入。

"谢谢,谢谢。"张平军傻呵呵地对着面前的同事们道着谢。

"张主任,谢谢可不管饱。今天这顿升迁喜宴,你可逃不了。晚上,县城新开的黑山羊土菜馆,你请客哈!"

"好,好,没问题。"张平军笑容灿烂,发颤的声音里掩饰不住内心的激动。

下班后,一群人簇拥着张平军出了乡办公楼,驱车直往县城而去。

一番应酬后,张平军起身去前台结账。霞姐不知什么时候来到了张平军的身边,她指点道:"你现在是党政办主任,不是小科员了。叫他们开张票,回头让财务给报了。"

张平军听了,小声说:"不好吧。"

霞姐瞥了张平军一眼,毫不在意地说:"没什么不好的,你的上一任——杨主任就是这样操作的。"

张平军想了想,大着胆子让菜馆开了一张餐饮发票。

第二天上班后,霞姐主动过来拿走了发票帮他去报销。张平军第一次觉得,当领导真好。

"黑马"

一段时间后，张平军也习惯了别人称呼自己"张主任"，说话做事开始带着一股威严的领导作派。

一天，乡长打电话跟他说，上级领导待会儿过来检查，让他提前准备好。

张平军明白领导的意思，正想安排别人去。突然想起上次同学聚会，李强用公款"买"了一瓶好酒。想着过几天就是父亲生日了，正愁没钱买瓶好酒孝敬孝敬他老人家，自己何不乘机"买"个一两瓶？

于是，张平军没有叫其他人，而是自己亲自去安排。

等张平军买完酒回来，迎头碰上几个人。"你好，我们是县纪委的。接到群众举报，你们单位有公款消费的情况，我们想找你核实一下。"

听完他们的话，张平军一怔，腿肚子不禁发抖，手心滑溜溜地冒汗，手里提着的酒"砰"的一声落到地上……

（吴　婵　黄艳芳）

## 图书在版编目（CIP）数据

廉洁微小说精选 /《廉洁微小说精选》编写组编著. 北京：中国方正出版社，2024.6.—（方正廉洁文学系列）.—ISBN 978-7-5174-1360-8

Ⅰ.I247.82

中国国家版本馆 CIP 数据核字第 2024DR9439 号

---

**廉洁微小说精选**
本书编写组　编著

责任编辑：崔秀娟　冯　超
责任校对：周志娟
责任印制：李惠君

| | |
|---|---|
| 出版发行： | 中国方正出版社 |
| | （北京市西城区广安门南街甲 2 号　邮编：100053） |
| | 编辑部：（010）59594654　出版部：（010）59594625 |
| | 发行部：（010）66560936　门市部：（010）66562733 |
| | 网址：www.lianzheng.com.cn |
| 经　　销： | 新华书店 |
| 印　　刷： | 保定市中画美凯印刷有限公司 |
| 开　　本： | 880 毫米×1230 毫米　1/32 |
| 印　　张： | 11 |
| 字　　数： | 193 千字 |
| 版　　次： | 2024 年 7 月第 1 版　2025 年 2 月北京第 3 次印刷 |

（版权所有　侵权必究）

ISBN 978-7-5174-1360-8　　　　　　　　　　定价：32.00 元

（本书如有印装质量问题，请与本社发行部联系退换）